CB123712

A ILHA DOS AMORES

A ILHA DOS AMORES

Sonia Rodrigues

6ª edição

Ilustrações
Márcio Koprowski

EDITORA
NOVA
FRONTEIRA

Copyright © 2019 by Sonia Rodrigues
© 2019 by Márcio Koprowski

Direitos de edição da obra em língua portuguesa no Brasil adquiridos pela Editora Nova Fronteira Participações S.A. Todos os direitos reservados. Nenhuma parte desta obra pode ser apropriada e estocada em sistema de banco de dados ou processo similar, em qualquer forma ou meio, seja eletrônico, de fotocópia, gravação etc., sem a permissão do detentor do copirraite.

Editora Nova Fronteira Participações S.A.
Rua Candelária, 60 — 7º andar — Centro — 20091-020
Rio de Janeiro — RJ — Brasil
Tel.: (21) 3882-8200 — Fax: (21) 3882-8212/8313

CIP-BRASIL. CATALOGAÇÃO NA PUBLICAÇÃO
SINDICATO NACIONAL DOS EDITORES DE LIVROS, RJ

R616i
6. ed.

Rodrigues, Sonia
A ilha dos amores / Sonia Rodrigues ; ilustrações Márcio Koprowski. - 6. ed. - Rio de Janeiro : Nova Fronteira, 2019.
136 p. : il.
ISBN 9788520944042

1. Ficção. 2. Literatura infantojuvenil brasileira. I. Koprowski, Márcio. II. Título.

19-58355

CDD: 808.899282

CDU: 82-93(81)

Vanessa Mafra Xavier Salgado - Bibliotecária - CRB-7/6644

SUMÁRIO

PRÓLOGO

Corria o ano de 1921. O governo brasileiro preparava as comemorações para o Centenário da Independência. Em São Paulo, artistas e intelectuais gestavam a Semana de Arte Moderna.

Na cidade do Rio de Janeiro, mais precisamente nos bairros do Méier e de Botafogo, crescia o amor entre pessoas jovens e belas. E esse amor causaria grande confusão.

Primeiro, Alma. Recebeu esse nome, na pia de batismo, por exigência de seu pai, Carmelino dos Santos. Mulato, filho de escrava e de pai ignorado, Carmelino se criou no Convento de Santo Antônio, onde os padres o acolheram, ainda bebê. Ali aprendeu a ler e escrever.

Letrado e com um protetor forte, conseguiu o emprego de amanuense numa repartição pública, o que lhe permitiu casar com Ermetildes, branca e magrinha, de saúde frágil, finos cabelos castanho-claros e grandes olhos. Na véspera de seu casamento, o superior do convento lhe entregou o último presente do protetor: a casinha no Méier, pequena, mas com um quintal grande, próprio para futuros acréscimos.

Carmelino se acostumara com a existência misteriosa de alguém sem rosto que nunca o visitava e que rumores indicavam ser um comerciante português abastado que se arrependia da paixão tresloucada por uma negra. Ele, o filho dela, era a sua penitência. Daí as primeiras letras, o emprego e, no casamento, a casa. Feliz por se ver livre de morar com os sogros, que viviam motejando de sua cor, Carmelino pôs-se a criar família.

Para sua tristeza, a mulher só punha no mundo meninas. A primeira, Maria Ermelina, nasceu vermelha como um siri cozido e cheia de cabelos negros e lisos, o que deu a secreta esperança a seu pai de que cresceria branca. Tal não se deu. A pele da criança era mais escura do que a dele, saíra provavelmente à avó, a mãe que ele não conhecera.

Com a segunda, Maria Sophia, a mesma expectativa foi frustrada. Um pouco mais clara do que a primeira filha, mas ainda assim a pele logo se revelou muito morena e o cabelo de um pixaim rebelde a qualquer mezinha com que tentassem alisá-lo.

A terceira gravidez aconteceu quando Carmelino desistira da prole, a esposa cada vez mais frágil e pálida, a exigir cuidados especiais, conta na botica onde se aviavam fortificantes diversos que pareciam não dar resultado. Não veio o menino esperado. Nasceu Alma, branca, a penugem na cabeça mais clara do que a cor dos cabelos da mãe.

O nome da recém-nascida surgiu da crença que Carmelino adquirira nas aulas de catecismo com o enganjento do padre Romão: almas sem pecado eram brancas; conforme se corrompiam, salpicavam-se de pequenos pontos pretos até chegar ao negrume total quando estavam prontas para o Inferno.

Ficou Alma Cordeiro dos Santos. Não adiantaram os protestos do pároco da Capela do Sagrado Coração de Maria. Apesar do ridículo do nome, cresceu linda e doce, a preferida do pai, a alegria da mãe e fonte de permanente inveja das irmãs, que se sentiam feias e desajeitadas em seus traços e em sua cor. Acostumadas à rejeição do pai a tudo que era negro, mulato, mestiço, viram-se obrigadas a detestar aquela irmã branca que nascera de súbito, como um estranho no ninho.

A mãe, sempre tossindo, morreu quando Alma acabara de completar nove anos, fazendo muitas recomendações às filhas mais velhas, uma já namorando e outra pensando em casar. Cuidassem de Alma, não fizessem maldades com ela. Parecia estar adivinhando, a pobre senhora em sua febre, em meio às suas dores, os sofrimentos que esperavam a caçula.

Não se haviam inventado ainda os antibióticos, e a tísica ou tuberculose era fatal. Morreu em 1914, no início da guerra, e Carmelino comentava, anos depois, que, mesmo se durasse mais tempo, não sobreviveria à espanhola, epidemia de gripe que matou milhões no mundo todo e muitos conhecidos e desconhecidos no Rio de Janeiro.

De Alma já se disse muito. Em 1921 era linda, jovem e tinha longos cabelos castanhos que o pai, com muita meiguice, pedia que lavasse todos os dias com chá de camomila para que se mantivessem claros. Da mesma forma, o pai não permitia que Alma frequentasse os banhos com famílias amigas ou com as irmãs e seus maridos.

Carmelino não dizia, mas seu medo era que, exposta ao mar e ao sol em Copacabana, Alma "apurasse" a cor. Podia firmar a herança e ele perderia o orgulho de ser pai de uma moça tão bonita e tão prendada. Branca.

Na mesma cidade, em outra direção, mais próximo do mar e da serra, vivia aquele que seria o par de Alma. Para desgosto de alguns e atribulações para os dois.

Hemon era um rapaz de dezoito anos que devia estar já trabalhando, não fosse filho único de mãe herdeira e de pai abastado. Explica-se. Seu avô materno fizera fortuna com o contrabando de escravos depois da proibição do comércio negreiro em 1850. Rico, comprara uma grande chácara em Botafogo de um plantador de café que perdera quase todo o dinheiro com a abolição da escravatura.

A chácara era um paraíso. Árvores, animais silvestres, rio encachoeirado, plantação e criatório suficiente para sustentar várias famílias no extenso território que subia o morro em frente à rua da Matriz, do lado direito da São Clemente.

A extensão e a fartura convenceram o velho a deixar a chácara em testamento para os nove filhos. Já dividida, cada um com sua casa, sem contato obrigatório de passagem um com o outro. Mas todos juntos. A não ser o filho mais velho, que, rebelado, se tornara marinheiro. E o mais novo, que se apropriara de uma carvoaria que o pai mantinha distante da cidade, fazendo dos arredores seu quartel-general.

A imensa chácara foi transformada em várias aprazíveis residências, uma das quais pertencente à mãe de Hemon, Afranísia. O contato do rapaz com primos e tios era mínimo, a mãe não fazia questão de conviver com as irmãs e irmãos. No entanto, o tio mais velho, Nestor, batizara Hemon e, em suas esporádicas passagens pelo Rio de Janeiro, costumava levar o garoto, depois rapaz, a uma ilha que possuía, a Ilha dos Amores, cenário ao qual está reservada grande importância nessa trama de amor, luta e ciúmes.

Afranísia era uma senhora de grande beleza. Senhora, pelo respeito ao estado de casada, porque ainda era uma mulher jovem, em 1921. Naquela época, as mulheres casavam aos catorze, quinze, dezesseis anos. Ela tivera seu primeiro e único filho, Hemon, aos dezesseis e aos trinta e quatro era uma beldade. Alta, loura, olhos azuis, sobrancelhas escuras e belos dentes numa boca pequena e bem desenhada.

Quando ia às compras na movimentada rua do Ouvidor, o comércio literalmente parava em homenagem a sua beleza. Quando abria os salões para receber os amigos que disputavam os convites para suas *soirées*, era comumente tratada por rainha, deusa pelos poetas que declamavam versos açucarados a sua beleza.

Sem igual, diziam. A mais bela mulher de todo o Rio de Janeiro, queriam muitos. Quem sabe do Brasil, diziam outros. Nem na Europa existe alguém tão linda, proclamavam os exagerados.

Hemon era filho dessa mulher, igualmente louro e lindo. Por onde passava, mulheres de todas as idades e classes suspiravam por ele, nem que fosse por momentos. Não era apenas bonito. Era sedutor, alegre, caloroso, elegante. E volúvel. Apaixonava-se por um dia, uma semana, nunca mais do que isso. Abandonava a paixão anterior com a mesma simplicidade com que a conquistara. Colecionava corações. Diferentemente do pai.

Efeso era um homem soturno. Um acidente na infância trouxera a ele, como consequência, uma perna manca que impossibilitara sua participação em brincadeiras com outros de sua idade. Solitário, tornara-se triste. Triste, desleixara-se no vestir, no cuidar-se, dedicado apenas a ampliar uma serralheria que herdara do pai, pequena e acanhada no subúrbio de Inhaúma, mas que fizera próspera e ampla com sua arte.

Era um artista. O homem moreno e mal-humorado era um artista do metal, reconhecido por todos. Pela arte e pela fama, aparecera um dia na chácara para instalar um vitral na escadaria do palacete onde Afranísia já brilhava, às vésperas de completar quinze anos.

Por um capricho da menina, quebrou-se a parede que margeava a escada em caracol. Instalado ali o vitral, permitia-se que a luz do sol ou o brilho da noite servissem de painel para sua beleza quando descesse para o salão. Daí a vontade do caro adorno na decoração.

Ela queria sempre o melhor ângulo para ressaltar a perfeição de seus traços, a graça do seu andar. O pai fez sua vontade pela última vez, pois, no dia seguinte ao aniversário, cairia vitimado por uma apoplexia.

O serralheiro coxo veio em pessoa instalar o vitral e ficou, como todos, siderado por Afranísia. Foi tão patente sua admiração que a moça o convidou para o baile de seus anos, "desde que se vista decentemente", exigiu com voz autoritária que, para Efeso, soou como música.

Passado o baile, onde ele compareceu barbeado, penteado e vestido pelos melhores e mais caros profissionais da cidade, Efeso se descobriu apaixonado, sem remédio e sem esperança, pela rica herdeira.

Herdeira, sim. Do seu pedaço da chácara e da própria casa do pai. Rica, de jeito nenhum, foi o que se descobriu com a morte do velho. Acumulara dívidas o ex-negreiro e, pagas todas elas, pouco restou aos filhos.

Afranísia precisava casar. Para manter sua beleza e seu amor pelo belo. O boato correu a cidade e choveram pretendentes. Efeso soube e — gaguejando e vermelho de vergonha — se atreveu a oferecer-se em casamento àquela moça esplêndida.

Nunca se soube por que ela aceitou. Ele não era bonito. Era dez anos mais velho. Nem ao menos era o mais rico dos pretendentes. Mais um capricho. Talvez. Mas o marido assemelhava-se com o único de seus irmãos que a tratava com indiferença, não ligava para sua beleza, demonstrava pouca paciência com seus caprichos. Afranísia não perdoava a deserção e não tolerava a cunhada, Pérola. Talvez a ligeira semelhança, ambos de temperamento sombrio, justificasse o estranho casório.

O certo é que Efeso continuou prosperando em sua indústria suburbana, fazendo o longo trajeto de ida e volta de tílburi, bonde e trem com um sorriso nos lábios. Sim, porque o reluzente Ford Bigode, comprado logo que chegaram ao Rio os primeiros automóveis, ficava à disposição da mulher. O sorriso não se apagava nem quando, exausto da labuta com o metal na forja, era obrigado a apear do bonde no Flamengo e se banhar e se enfeitar numa casa de banhos para, barbeado, engravatado e de fraque, pôr, finalmente, os pés no palacete em que viviam a mulher e o filho.

Se essa rotina fosse diária, Efeso se cansaria dos caprichos de Afranísia. Quem sabe não, porque ele a amava muito. No entanto, acontecia de ele passar dias e mais dias enfurnado em Inhaúma produzindo sua arte. Nenhum ricaço da cidade encomendava para outro portões, cornijas, ornamentos variados de metal. Efeso tinha muito trabalho. E um orgulho enorme de possuir uma esposa tão formosa e um filho tão querido.

São esses os jovens. E são essas as famílias que assistem à aventura de um grande amor submetido a várias provas.

INÍCIO

Efeso lia o *Jornal do Commercio* na ampla varanda de onde podia-se avistar o mar, naquele final de tarde de ressaca quebrando na enseada de Botafogo. De gravata azul a apertar-lhe a garganta e sapatos a incomodar-lhe os pés, ele só não se sentia infeliz porque sabia que aquela seria uma das raras noites em que não teria de aturar sua casa cheia de inúteis, homens e mulheres, a admirar a beleza de sua mulher e de seu filho. Além de comerem e beberem às suas custas, os parasitas.

— Afranísia, uma moça desconhecida foi escolhida pela Casa Paris como o mais belo rosto da cidade — comentou Efeso por trás das folhas do jornal. — Moradora do Méier — completou.

— E quem escolheu? — perguntou Afranísia, ocupada em ajeitar flores numa bandeja. — Deve ter sido um grupo de suburbanas gordotas querendo fama para seu bairro.

— Não foi, não — contestou Efeso. — Aqui informa que foi feita uma pesquisa durante meses, sobre a mais bela carioca. Votaram estudantes, gente do comércio, do meio artístico, de jornais.

— E como eu não soube de nada? Eu sou a mais bela mulher do Rio de Janeiro. Sempre fui — Afranísia respondeu irritada.

— Minha querida, é claro que você é a mais bela. Só que o povo foi enviando fotos para a Casa Paris, de tipos que chamavam a atenção, e acabou-se preferindo o dessa menina. É uma criança. Dezesseis anos.

— Criança? Aos dezesseis anos eu já era mãe de família. — O mau humor da resposta não enfeava Afranísia, e Efeso, mais uma vez, pensou sobre a sorte de ter uma mulher tão extraordinária.

O assunto foi aparentemente esquecido, mas na semana seguinte Afranísia chegou em casa sufocada, rasgando os laços do vestido no esforço de se livrar dele, de tal forma irada que os criados temeram que ela, como seu falecido pai, sofresse uma apoplexia.

— Para que água com açúcar, imbecil? — gritou Afranísia para uma das empregadas. — Eu quero é ver meu filho, vá buscá-lo, já.

A empregada não estava acostumada a ver sua patroa naquele estado. Não podia imaginar o que acontecera para transtorná-la a esse ponto. Não tentou, porém, descobrir a causa, tratou de obedecer.

A causa do furor era Alma, que, na sua vida humilde, no Méier, não podia imaginar-se estopim de tamanha fúria.

O acontecido foi casual. Afranísia escolhia um chapéu na Casa Paris, quando percebeu uma agitação de cartolas descobrindo cabeças, homens se curvando em cortesia e mulheres murmurando excitadas. Um grupo de rapazes entrou no estabelecimento comboiando a eleita mais bela da cidade. Afranísia, pela primeira vez, a viu.

Pela primeira vez, também, sua presença não era a maior atração de um ambiente onde estivesse. Aquela multidão que se comprimia nas vitrines da Casa Paris adorava agora a jovem de "extraordinária formosura", como proclamava um poeta na porta da loja. Alma.

O poeta era o mesmo que menos de vinte dias antes fizera parte do séquito de admiradores de Afranísia, que, fervendo de raiva, disfarçou o melhor que pôde. Disfarçou a ponto de segurar o braço do ex-admirador e fingir-se, ela também, encantada com a beleza da moça. Encantada a ponto de conseguir dele um retrato da rival e o endereço para mandar-lhe flores. Parabenizando pela eleição.

O quanto lhe custou o artifício, ele não poderia imaginar. Ela sabia volúveis os corações, mas não se conformava em ser preterida por uma menina sem eira nem beira. Daí seu ódio e a vingança que pretendia executar. Com a ajuda do filho. Quando ele atendesse seu chamado.

***

Hemon encontrou a mãe vestida com um dos seus luxuosos robes, mais composta, mais tranquila, a expressão de determinação que ele aprendera a temer desde criança. Segurava um retrato na mão.

— Meu filho, tenho uma missão para você. — Ela examinou os traços perfeitos do filho, o cabelo louro, levemente ondulado, olhou de novo o retrato. — Existe uma suburbanazinha que está me tirando o sono com sua pretensão e arrogância. Eu quero que você convoque o mais patife de seus amigos, o mais irresistível malandro, para conquistar o coração da dita-cuja. Que ela se apaixone pelo pior dos homens e que sofra tanto por esse amor funesto que perca completamente sua beleza.

Hemon não tentou defender os amigos com quem andava pelas noites cariocas, arrebatando e muitas vezes destruindo corações femininos. Era para eles um divertimento, uma brincadeira conquistar as moças e depois deixá-las de lado. Chegavam a apostar quantas horas, dias, semanas uma ou outra resistiriam às serenatas, aos bilhetes, aos passeios pelo portão com um ar apaixonado, aos convites para um sorvete, um chá, um teatro.

A tal moça, a quem se referia a mãe, devia ser ao menos bonitinha, porque Afranísia não se irritaria dessa forma com uma mulher feia. A única coisa que ele não entendia era a necessidade de convocar um amigo. Ele mesmo poderia fazer a conquista.

— Não quero que você chegue perto dela — disse a mãe, como se lesse seus pensamentos. — Pegue o mais corrompido dos rapazes que você conhece e convença-o a fazer isso. Não será de todo desagradável. O endereço dela no Méier está no verso do retrato. Pode ir, sei que você está sendo esperado no baile dos Vasconcelos.

Mais uma surpresa: ele pensava que acompanharia a mãe, mas pelo visto ela se sentia indisposta para festas. Hemon se retirou com o retrato na mão e, como estava atrasado, não se deu ao trabalho de olhar como era a tal moça. Se olhasse, saberia por que a mãe queria tanto mal à desconhecida.

***

Hemon precisou chegar ao baile dos Vasconcelos para descobrir parte dos motivos de Afranísia.

Esses bailes em casa de família eram bastante movimentados. E sempre mais cheios de gente do que se esperava. Compareciam os convidados e sempre existiam os que se achavam no direito de incluir algum parente ou amigo no convite. Além desse acréscimo incontrolável, os penetras, especialistas em usufruir da boa comida e da bebida grátis.

Havia ainda a turma do "sereno", que, sem poder impor sua presença nas festas, ficava em frente à casa, nas esquinas, comentando os trajes dos que entravam, fazendo a resenha da vida alheia.

Portanto, não faltou a Hemon oportunidade de ouvir informações, boatos, deboches sobre o golpe desferido contra a vaidade de sua mãe.

— Hemon, meu amigo! Soube que uma nova beldade conquistou o coração carioca. Uma menina de subúrbio com a metade da idade de sua mãe — exultou um inoportuno, de quem ele não lembrava o nome, feliz por estar atingindo com aquela farpa o queridinho da sociedade.

"Além de bêbado, inconveniente", pensou Hemon, mas respondeu com seu melhor sorriso:

— Elegância e sofisticação não têm idade.

Hemon dirigiu-se ao grupo de amigos mais chegados.

— Sujeitinho inconveniente. Veja você que ele estava falando da minha mãe depreciativamente em relação a uma qualquer que nem sei quem é — comentou com Alfredo, seu companheiro de bilhar.

Diante do silêncio constrangedor do grupo, Hemon perguntou espantado:

— O que foi? Não vão me dizer que concordam com essa idiotice...

— Bem... — Clarimundo, um rapaz alto e sério, estudante de Direito, foi quem tomou coragem de explicar. — Até hoje foi só uma votação... Uma menina do subúrbio que caiu no gosto popular... Mas hoje no Centro as duas ficaram frente a frente na loja... Deu para comparar...

O amigo constrangido dava voz à opinião do grupo.

— Superioridade como? — Hemon, apesar de agastado, não conseguia conter a curiosidade.

— Ela é jovem, linda, feminina, recatada, mas de uma beleza muito sensual... — O amigo se esqueceu de Hemon, perdido com a lembrança de Alma.

Não fazia mais sentido permanecer ali, decidiu Hemon. Foi embora, aproveitando que os amigos estavam entretidos em flertar com um grupo de moças acomodadas num canto da sala.

Era tarde quando Hemon se recolheu aos seus aposentos. O retrato estava jogado em cima da cama, onde ele o deixara ao sair. Amuado com os comentários que ouvira sobre Afranísia, ele olhou o retrato de má vontade.

Nesse momento, mudou-se a história.

***

Mãe omissa, preocupada com sua beleza e com o impacto que causava em homens e mulheres, Afranísia pouca atenção deu a Hemon desde o nascimento.

Efeso, por seu lado, apesar de sempre ter tido orgulho do filho tão lindo, cedo notou que a mulher não aceitava compartilhar seus admiradores com ninguém, nem com o próprio filho. Apaixonado como era por Afranísia, não deu também prioridade ao filho. Concentrou-se na mulher.

Hemon foi praticamente criado pelo "faz-tudo" da família: Zeferino. Era um ainda jovem mameluco, alegre e brincalhão, que o divertia com suas conquistas folclóricas e acompanhava todos os seus passos desde a mais tenra idade.

— Zeferino, preciso conhecer uma moça do Méier sem que ela saiba quem eu sou.

— Com essa cara e essas roupas, vai ser difícil você não ser reconhecido. Ainda mais com a sua fama.

— Está certo. Você me diz onde fica e me empresta sua indumentária.

— Quem é? No Méier e com disfarce... Outra aposta idiota, com certeza, sua e desses estafermos com quem você anda — reprovou Zeferino.

— Não... aliás, meus amigos não são estafermos — Hemon começou a se irritar, mas acabou rindo com a expressão de incredulidade de Zeferino, perante sua defesa dos amigos estroinas. — É a mamãe... pegou ódio de uma moça... quer destruí-la... exigiu a minha ajuda... e eu estou fascinado... pela moça, não pela missão!

— É para contrariar a Rainha do Gelo?! Por que você não falou logo?! Vamos traçar o caminho para a conquista.

Hemon deveria se sentir ofendido pela forma como o criado se referia a Afranísia, mas era obrigado a reconhecer a perfeição do apelido zombeteiro. Rainha do Gelo. Ah, se ela soubesse das intenções do filho! Viraria um vulcão, as lavas tomando conta da casa.

***

O trem que saía às 10 horas da estação do Méier para o Centro ia cheio de moças e senhoras e de um número razoável de rapazes dedicados a tentar contato com as primeiras. Era um trem namorador, pois os homens

que trabalhavam, pais de família, gente de responsabilidade, normalmente usavam aquele meio de transporte mais cedo. Naquela hora, quando o sol ainda não estava muito quente, o elemento feminino ia às compras. E o masculino, sabedor desse costume, aproveitava para estabelecer conquistas.

Era a quarta vez que Hemon fazia o trajeto Centro-Méier. Ida e volta. Metido nas roupas emprestadas pelo chofer do pai, largas demais para ele, o paletó coçado no cotovelo, as mangas puídas, o chapéu encardido pelo uso. Estava disfarçado de pobre, e o chapéu horroroso escondia os belos cabelos louros e o rosto ainda mais belo. Todo o esforço para conferir pessoalmente a dona do retrato. Um rosto de grandes olhos encostado num buquê de rosas.

Naquela manhã, Hemon estava com sorte. A dona do rosto ia ao Centro, acompanhada por uma criadinha de jeito espevitado, parecendo um bichinho roedor, olhando para todos os lados e cochichando ávida com a patroa o que observava. A patroazinha era Alma, Hemon logo reconheceu. E pessoalmente era muito mais linda. Afranísia tinha razão em se sentir ameaçada, reconheceu o filho.

As duas iam em pé, o trem cheio. E ele não podia oferecer-lhes lugar porque em pé estava também. E se sentado estivesse, não adiantaria, porque não era sua intenção estabelecer contato naquele momento. Logo, logo, porém, a criada resolveu o problema:

— Daqui até o Centro em pé. Vai ser dura a viagem — comentou pesarosa, falando com Alma, mas alto o bastante para ser ouvida pelos dois cavalheiros que liam jornal no banco em frente a elas.

— Conversando, o tempo passa mais rápido, Fania — retrucou Alma, sem graça, dando oportunidade a Hemon de ouvir sua voz pela primeira vez. Combinava com a dona, era linda. Suave, clara, alegre.

— Que nada. E pensar que ainda teremos que andar bastante para comprar tudo e andar ainda na volta para casa. Chegaremos mortas — insistiu a chamada Fania, fazendo ar de vítima e olhando de soslaio para o mais velho dos cavalheiros.

Como Hemon imaginava, o diálogo entre as duas surtiu o efeito desejado pela criada. O mais moço se levantou oferecendo seu lugar e o mais velho não teve outro remédio senão imitá-lo. Ficaram os dois homens em pé e as duas moças sentadas. Alma de frente para Hemon, que podia contemplá-la à vontade.

Ela trazia um chapéu pequeno, rosa e branco, enfeitado modestamente com fitas e um pequeno véu a proteger seu rosto do sol. A pele era muito branca e os olhos e cabelos pareciam, à distância, situados entre a fronteira do cinza e do castanho. Hemon podia adivinhar, pelo decote e pelo talhe do vestido, que era uma moça de ossos pequenos acolchoados de carne no ponto certo, como ele gostava. Nem gorda nem magra.

Estava ainda embevecido com aquela que deveria considerar inimiga por ordem da mãe, quando o trem chegou à estação e ele acudiu rápido para não perdê-las de vista.

Ao saírem da estação, Alma e Fania seguiram a pé por entre ruas estreitas e movimentadas à procura dos armarinhos. A calma das duas contrastava com a pressa de homens engravatados que estavam no centro da cidade tratando de seus negócios.

Alma e a criada entraram e saíram de dois armarinhos e ainda não haviam encontrado o tom desejado do azul da linha de bordar. Já passava das onze e meia da manhã e o sol começava a ficar forte.

— Mas que calor! Se ficar ainda mais quente, vamos derreter! — comentou Fania, irrequieta. — Sem contar os meus pés... Estão ardendo!

— Não reclame, Fania! Apesar do calor e de termos de andar tanto, sei que você preferiria fazer isso durante uma semana inteira a ficar enfurnada no calor da cozinha — disse Alma, parecendo conhecer muito bem o que agradava a criada.

— Ah! Isso é mesmo. Eu adoro vir à cidade ver as novidades nas ruas, nas vitrines. Mas não precisava ser tão longe. Quando é que vamos parar um pouco?

— Só quando eu encontrar tudo o que procuro. Estou aproveitando que papai precisava que viéssemos à cidade para procurar por aqui o que não consigo encontrar no Méier....

— Sei muito bem de tudo isso, Alma, mas estou começando a ficar com fome.

— Preciso achar a linha certa para bordar minha colcha. Você sabe que não sossego enquanto não termino o que começo a fazer. — O tom determinado de

Alma chamou a atenção de Hemon, aquela moça não era tão frágil como parecia.

O mais perto possível, sem ser notado, Hemon seguia as duas, não entendendo muito bem por que entravam e saíam de tantos armarinhos. Ele quase as perdeu de vista e resolveu ficar mais perto para tentar ouvir um pouco mais a voz de Alma, que, pela suavidade, tornava-se quase inaudível com o burburinho da rua. Hemon só conseguia ouvir palavras soltas ditas pela criada.

— Graças a Deus, encontramos! Agora vamos descansar um pouco — Fania exclamou sorridente.

— Vamos comer alguma coisa e depois iremos procurar, em uma loja de tecidos, o pano para as cortinas da sala. — Alma estava feliz com o que conseguira. Uma etapa já estava cumprida.

A confeitaria era a Cavé, esquina da rua Sete de Setembro com a Uruguaiana, menor e mais discreta do que a Colombo, onde certamente encontrariam a multidão de admiradores de Alma. Hemon deu graças a Deus pela escolha, a ele não interessava encontrar conhecidos na sua caçada à Bela. Muito menos naqueles puídos trajes de Fera.

Fania, porém, não gostou da escolha da patroa. Mexeriqueira como poucas, segundo as informações coletadas por Zeferino, a criada gostava de circular em ambientes que fornecessem material para fofocas. Quanto mais novidades, melhor, era esse o seu lema.

Na confeitaria, Alma resistiu à tentação de escolher mais do que uma das muitas delícias exibidas e repreendeu Fania com um olhar para que ela também não caísse em tentação, exagerando nos pedidos. O dinheiro dado por Carmelino era pouco, quase exclusivamente para fazer as compras.

Hemon a observava na calçada em frente à confeitaria e, apesar de também estar com muita fome, não se atreveu a entrar com aqueles trajes. Alguém poderia reconhecê-lo e não entender o motivo de ele usar aquelas roupas surradas. Por outro lado, poderia ser confundido com um pedinte e ser retirado do recinto, quem sabe com um pontapé, pensou consigo mesmo. O jeito foi esperá-las sair para continuar a sua andança, o que não demorou muito.

Um quarteirão adiante, Alma entrou numa loja de tecidos e achou o que procurava, mas ainda se deteve em admirar outras peças postas à venda, quem sabe para futuras compras.

O sol já não incomodava tanto. As duas percorreram a pé o caminho de volta à estação de trem. Passava das três horas, e o retorno já as encontrava exaustas. O caminho de volta era penoso, mas a tagarelice de Fania distraía de tal forma Alma, que ela não notou o rapaz malvestido, tão próximo a ela. Hemon não as acompanhou no trem, ficou por ali, já saudoso daquela menina que perseguia havia horas sem ao menos trocar uma palavra.

***

A tarde caía quando Hemon entrou em casa, pelos fundos, louco por um banho e para se livrar das roupas que não eram suas. Louco se sentia também de paixão por Alma.

Acompanhá-la sem se mostrar, algumas vezes tão próximo que podia sentir seu perfume, era um suplício. Estava convencido de que jamais conseguiria fazer o que Afranísia ordenara. Como entregar, de mão beijada, aquela flor de menina para um dos seus amigos, o pior deles? Eram rapazes acostumados a seduzir e abandonar, a contar no bilhar, nos bares, os pontos fracos de suas presas, as lágrimas derramadas nas despedidas a implorar para que não as deixassem. Contavam entre risos e Hemon achava engraçado, pois era o que fazia também. Uma disputa, uma caçada, eram jovens, tinham o direito. Ele pensava. Até hoje.

Não podia conceber um amigo seu, ou qualquer outro homem, tendo o direito, a ousadia de ter a atenção daqueles olhos, beijar aquela boca, ter nos braços o calor, a meiguice de Alma.

Porque era meiga, além de linda. Ele ouvira suas censuras à língua ferina da companheira de passeio, a criticar portes e vestidos, a propagar fofocas ouvidas ou imaginadas sobre conhecidos e desconhecidos. Ela possuía qualidades demais para Hemon aceitar que sua mãe a destruísse. Precisava impedir.

Hemon, já banhado e vestido com suas próprias roupas, dirigiu-se aos aposentos de Afranísia. Pensaria numa maneira de convencê-la de que a beleza daquela criança não era um estorvo.

A moça logo estaria casada, teria filhos — ele esperava que seus e de mais ninguém, mas isso a mãe não podia saber ainda —, não estaria mais exposta à admiração pública. "Uma boa linha de argumentação", Hemon decidiu. Usaria.

As coisas não ocorreram como ele, otimista, imaginava. A mãe não estava no quarto nem no quarto de vestir ou na saleta onde recebia os amigos, escrevia suas cartas. Hemon encontrou um exemplar do *Careta* amarfanhado no chão, com a manchete que justificava o estado lastimável do jornal: "Estudantes programam recital em homenagem à nova rainha da beleza."

Os estudantes planejavam sair do largo de São Francisco, na semana seguinte, para cultuar Alma no seu próprio bairro, exaltar sua beleza num concurso de versos declamados no coreto do Jardim do Méier.

Afranísia nunca recebera esse tipo de homenagem. Casara cedo, vivia isolada em sua riqueza. Era uma senhora, era mãe, perdera o direito e o prazer das homenagens públicas. Era como se, agora, perdesse de novo. Por culpa de uma suburbana. Hemon sabia que a mãe não aceitaria mais nenhum argumento de conciliação. Já ia se retirando para o seu quarto, quando uma carta escrita pela metade em cima da penteadeira lhe chamou a atenção.

Não fosse Hemon filho único e queridíssimo, a quem os pais perdoavam pequenos e grandes erros, não teria lido a carta. A primeira olhada indiscreta revelou que a carta principiava assim: "Sua filha Alma corre um grave perigo." Nem o castigo mais severo impediria que ele lesse o restante.

— O que é que você tanto olha? — A voz de Afranísia vindo da porta surpreendeu Hemon. — O que está fazendo no meu quarto?

— Mamãe, você está linda! — Hemon deu o seu melhor sorriso para a mãe pelo espelho da penteadeira. — Estava esperando por você e tentando um novo nó de gravata. Que tal?

A mãe não respondeu e avançou para a penteadeira, conferindo desconfiada a carta que andara escrevendo. Estava no mesmo lugar. Ela sorriu, fria, para Hemon.

— Você devia estar preocupado em fazer o que eu mandei. Cadê o seu amigo que ia conquistar aquela idiota? Cada dia que passa, ela fica mais famosa.

"E mais bonita", pensou Hemon. Mas a mãe teria uma síncope se ele demonstrasse conhecer a moça e admirá-la.

— Eu não consegui convencer nenhum dos rapazes a ir até o Méier, mamãe. Não posso deixar que alguém suspeite que você tem alguma coisa contra essa moça. Já pensou nos comentários?

— É, realmente não tinha me ocorrido, não seria prudente. Infelizmente. Mas eu vou conseguir me livrar dela de outro jeito.

Afranísia foi interrompida por uma das criadas que, da porta, fazia sinal para chamar sua atenção.

— O que é desta vez? Não vê que eu estou ocupada?

A criada se aproximou da patroa e cochichou alguma coisa que Hemon não ouviu. Pela animação de sua mãe, no entanto, soube que dizia respeito a Alma.

— Meu filho, falaremos daqui a pouco. — Ao ver que Hemon se voltava de novo para a penteadeira, Afranísia estrilou. — Não mexa nas minhas coisas. É melhor eu levar isto. — Ela apanhou a carta e se retirou para o outro quarto com a criada, as duas conversando muito animadas.

"Mamãe tem medo que eu descubra o que pretende. Mal sabe ela que eu já li tudo o que me interessa", pensou Hemon.

***

Hemon não tentou escutar a conversa da mãe com a criada. Ele era um rapaz mimado, mas escutar atrás da porta a conversa alheia passava de todos os limites da educação que recebera. Zeferino, o motorista e amigo, não tinha esse problema e, por obra e graça do destino, procurava Hemon, quando, escondido, ouviu o diálogo das duas.

— Como é que foi? Fez tudo direitinho como eu mandei?

— Fiz, sim senhora. Deu trabalho encontrar a casa naquela lonjura. Tive de pegar o trem e depois caminhar até o endereço que a senhora me deu, e depois...

— Não lhe perguntei como você fez pra chegar lá, se foi cansativo ou não. Só quero saber se ele aceitou minha proposta e se entendeu que não é para comentar nada com meu marido.

— Ora, e o Nego Cobra não ia concordar? Casar com uma moça branca, bonita, e ainda receber dote?

Achou bom e jurou segredo. Disse que, para ele, raptá-la é facinho, facinho.

— É o que importa. Você agora vai levar esta carta no Méier, no mesmo lugar onde você foi buscar as informações. Coloque a carta por debaixo da porta. É só isso. Tomando o devido cuidado para não ser vista por ninguém.

— No Méier, dona Afranísia? Mas...

— Não discuta, criatura. Não lhe pago para questionar minhas ordens. Vá fazer a sua tarefa, rápido.

A criada saiu no mesmo pé que chegou.

— Bem, essa parte já está feita. Agora tenho de me preparar para a próxima etapa — pensou Afranísia em voz alta e já imaginava a reação de Carmelino ao ler sua carta. A criada fizera um bom trabalho de espionagem. Afranísia agora sabia quase tudo sobre a vida daquela "gentinha". Pelo menos, tudo o que interessava.

O que ela não podia imaginar era o horror de Zeferino ao escutar a conversa. O motorista ficou indeciso se contava a Hemon os planos terríveis de sua mãe. Não esperava, porém, que os acontecimentos se precipitassem de tal forma que os planos de Afranísia, por um lado, e de Carmelino, por outro, obrigassem Hemon a tomar medidas mais radicais.

***

Alma encontrou o pai sentado no escuro, na sala, a cabeça nas mãos, ar derrotado. Os óculos, obrigado a usar pela idade, estavam ao seu lado. Em cima de uma carta.

— Papai, o que foi? Por que esse escuro todo? Parece que morreu alguém. Deixe eu acender o candeeiro.

À luz do candeeiro, Alma percebeu que o pai tinha chorado, o que a deixou assustada. Carmelino era, por natureza, alegre. Alguma coisa teria acontecido.

— Notícias de minhas irmãs? Algum problema? — Alma estendeu a mão para a carta, mas o pai foi mais rápido e guardou o papel, impedindo que ela lesse.

— Não há nada de errado com suas irmãs. Elas vão bem, obrigado. Se estivessem com algum problema, elas apareceriam imediatamente.

— Papai, que implicância! O senhor não devia falar assim de Sophia e Ermelina. O senhor sempre fala mal delas, faz críticas de todos os tipos. Diz que são feias, desajeitadas... Isso não está certo, meu pai.

— Minha filha querida, seu bom coração ainda vai lhe causar muito sofrimento. Suas irmãs só pararam de maltratar você quando saíram desta casa.

— Mas, papai, elas me maltratavam porque achavam que o senhor gostava mais de mim do que delas. Com certeza se sentiam menosprezadas e preteridas.

— Minha preferência é por você, realmente. Suas irmãs nunca estão satisfeitas com nada. Queriam casar. Casaram. Agora vivem se queixando. Uma se queixa porque o marido é velho e doente e ela não passa de uma enfermeira. Outra porque é feio e baixo como um menino ou um anão. Para que casaram, então? Me prometa, Alma, que você vai escolher um bom homem para pai dos seus filhos.

— Claro que vou, meu pai. Só me casarei por amor, nada mais influenciará minha escolha.

O pai tornou a olhar a carta, como se a resposta da filha o deixasse mais inquieto ainda, mas não fez nenhum comentário. Desassossegada, Alma foi para a cozinha preparar a ceia com Fania, sentindo que alguma coisa na carta tinha relação com a conversa sobre casamento, mas sem atinar o porquê.

***

Hemon estava se especializando em vestir-se de pobre e seguir mulheres. Na véspera, Alma. No dia seguinte, bem cedo, a mãe Afranísia não sabia que ele lera a intriga que estava, anônima, montando. Hemon pedira ao motorista para lhe avisar a hora que ela saísse. E, a distância, a seguiu.

A mãe pegou um tílburi no largo, ele pegou outro e, de longe, viu que ela descia na frente de uma vila no Flamengo. Por isso ela dispensara o motorista. Porque não queria que o marido soubesse para onde se dirigia. Para a casa da cartomante. Madame Pita.

***

Madame Pita mantinha um bom entendimento com as cartas. E com o dinheiro também. Graças às duas competências, suas manhãs eram movimentadas e lucrativas. Era o único horário em que atendia ao público. Reservava as tardes para outros prazeres, especialmente agora que estava velha e gorda. Comer do bom e do melhor e ler as emocionantes histórias de amor que os jornais publicavam em tiras todos os dias. Mal podia esperar a hora em que o moleque gritava o jornal vespertino que traria a continuação dos sofrimentos da heroína, das falcatruas do vilão.

Não foi sempre assim sua vida. Um dia, ela, moça bonita e esbelta, cheia de alegria e ilusões, se apaixonou por um estudante da Academia Militar. A mãe do rapaz impediu o casamento por causa de suas origens ciganas e por sua pobreza.

A desilusão a impeliu a arranjar uma forma de ganhar com a arte o que não ganharia com o casamento. Acabou dona de toda uma vila de casas de aluguel no Flamengo, sendo que a maior e mais bem-cuidada era a sua morada. Ali vivia a velhinha pitoresca, recebendo ricaças e políticos, prevendo a sorte de uns e o azar de outros.

Na sala dos fundos recebia os consulentes e, naquela manhã, atendeu uma senhora muito elegante, com o rosto coberto por um véu espesso e trazendo uma estranha solicitação.

— A senhora vai ser procurada, hoje, no mais tardar amanhã, por um homem mulato, já entrado nos anos, que vai pedir para que leia a sorte de sua filha caçula. O nome da moça é Alma. Nome esquisito, bem de ralé. Eu quero que a senhora diga a ele que, se a moça não mudar do Rio de Janeiro imediatamente, vai acabar vendo destruída sua beleza, sendo envolvida por um homem horrível e de passado duvidoso.

— E por que eu deveria dizer isso a esse homem, minha prezada senhora? — O tom da cartomante era suave, nada indicava irritação com a arrogância da outra.

— Porque eu vou lhe pagar para fazer isso. Vejamos, a senhora cobra quanto por consulta? Eu lhe dou um conto de réis pelo serviço.

A quantia era respeitável. Madame Pita podia viver meses sem trabalhar com aquele dinheiro. Acontece que ela gostava de tirar cartas. E não gostava de receber ordens.

— Como é o nome todo da moça?

— Alma Cordeiro dos Santos. Mas o que isso interessa? A senhora aceita ou não?

A cartomante pensou em dizer umas verdades para aquela mulher tão pretensiosa, mas sabia que, pelo tipo, não adiantaria nada. Parecia-se muito com uma outra mulher bem-vestida que, havia mais de cinquenta anos, lhe oferecera dinheiro também para que ela esquecesse o filho, o tal que um dia ela sonhava ver navegando pelos mares, envergando a farda da marinha imperial.

Na época, Maria Pita era uma jovem orgulhosa e não lia cartas. Por isso, não aceitara o dinheiro e não conseguira prever que a mãe do rapaz estava tirando do filho sua única chance de felicidade, pois ele morreria meses depois, no mar, a caminho de um piquenique com a família. E a marinha imperial deixaria de existir com a República, apesar de que, com cartas ou sem cartas, gente arrogante como aquela mulher jamais sumiria da face da terra.

Aceitaria o dinheiro e leria a sorte da moça, por conta própria. Depois resolveria se diria ou não para o velho o que a mulher de véu pedira.

***

Hemon ficou de longe, atrás de uma árvore, observando a saída de sua mãe. Esperou até vê-la sumir. Entrou na vila e foi em direção à casa de Madame Pita para tirar tudo a limpo. A porta já estava aberta, como sempre ficava durante as manhãs, à espera de clientes.

Hemon entrou e foi logo recebido pela cartomante, que o guiou até a sala de consultas.

Depois de um momento de indecisão, aceitou a cadeira que a velha gorda lhe ofereceu. Seu primeiro impulso foi questioná-la a respeito do que sua mãe viera fazer ali. Um pensamento gaiato o impediu de fazer isso. Deixaria a velha cigana colocar as cartas para desmascará-la em seguida.

— Vejo duas mulheres fortes na sua vida. Uma, a loura, foi importante para você até agora. É a Rainha de Ouros. Ela não sabe ainda, mas está a ponto de ser destronada pela Rainha de Espadas. — Madame Pita sorriu, irônica, continuando a dispor as cartas. — Você pensa que pode manobrar a loura e a morena, mas está enganado. Vai ser muito feliz com seu novo amor, mas vai sofrer muito por causa dela. E a loura tem o poder de destruir a jovem rival. Nada a deterá.

— Mas eu vou lutar sozinho? Sem nenhuma ajuda? — perguntou Hemon, ainda descrente.

— Nenhuma mulher vai ajudá-lo. Pelo menos as mulheres próximas a você e à sua amada vão fazer tudo para separar vocês dois. Você pode conseguir alguma ajuda de um homem. Ele não é importante, mas é leal.

— Mas e se eu conseguir viver só com ela? Separá-la de todos? — Hemon não se importava com a resposta da velha cartomante. Um plano começava a se delinear em sua mente. O homem leal só podia ser Zeferino, o motorista. Seu pai, Efeso, jamais o apoiaria contra a mãe.

— Você vai conseguir o que pretende. Mas as mulheres, dos dois lados, são muito fortes. Acabarão conseguindo separar vocês.

— E se eu desistir? Deixá-la em paz? Abrir mão do que sinto por ela?

A velha olhou pensativa para o belo rapaz à sua frente. Tão jovem e tão ignorante das dores que podem vir do amor. Suspirou cansada e embaralhou as cartas novamente.

— Se você desistir, o destino dela será horrível. Pior do que a morte.

Hemon estava abalado. Tudo o que planejara ao entrar naquela sala fora por água abaixo. Não conseguiu descobrir o que sua mãe fizera, impressionou-se com as previsões da cartomante e, pior, sentia-se ameaçado pelo futuro previsto. Levantando-se constrangido, tirou a carteira do bolso.

— Quanto eu lhe devo, madame?

— Deixe quanto quiser, meu rapaz. — Ela ficou observando-o tirar uma, duas, três notas grandes da carteira. Desperdiçado. Como a loura invejosa que a procurara havia pouco. — Vou lhe dar um conselho. De graça. Siga o seu desejo, mas não espere que isso lhe sirva de garantia. Sua amada tem o próprio caminho a trilhar.

Hemon saiu mais confuso do que quando ali chegara. Sem olhar para trás, não percebeu que Maria Pita, escondida pelas cortinas de renda, olhava sorrindo sua partida. Para ela, aquela manhã estava muito interessante.

***

A terceira visita a Madame Pita foi a de Carmelino, como Afranísia "previra", não fosse ela a autora da carta anônima sugerindo um futuro monstruoso para sua filha querida e a necessidade de ser procurada a cartomante famosa.

Madame foi rápida e fatal na tirada da sorte. O destino de Alma era unir-se a um homem horrível, a não ser que fosse salva pelo amor. Levada para longe de todos. "Negro?", perguntou Carmelino, obcecado como era pela própria cor. "Negro", a pitonisa confirmou. Completamente negro e a mando do Mal. A solução, disse ela, seria Alma viver fora do Rio, por uns tempos. Sozinha. Sem ninguém saber.

— A solução estará numa viagem — arrematou a cartomante. — Vejo sua filha cercada pelo mar, com alguma chance de encontrar a felicidade. Depois de muita luta.

***

— Meu bem, ontem eu não fui inteiramente sincero com você... — Carmelino não sabia como começar.

— O senhor estava chorando e não quis me dizer por quê...

— Querida, eu recebi uma carta muito estranha... falando que você estava correndo grande perigo... Parece que é por causa daquele maldito concurso... Malfeitores estão interessados em prejudicá-la... A carta falava até de comércio de escravas brancas! O pior destino para uma moça de família!

Alma olhou atarantada para o pai, não acreditando no que ouvia.

— Mas, papai, isso não pode ser verdade. Uma moça modesta do Méier??! Brincadeira de mau gosto, na certa!

— Querida, quisera eu que fosse assim... Mas confirmei com as mais altas fontes... Tão altas que não posso revelar. — Referia-se Carmelino à famosa cartomante tão respeitada no Rio, confidente de políticos e negociantes, sempre certeira em suas previsões.

Alma ficou abalada com as informações do pai. Pelo visto, se Carmelino confirmara, era coisa grave. Confusa e amedrontada, notou que o pai não disse o que pretendia fazer. Infeliz, lembrou o sucesso recente, a admiração pela sua beleza, e temeu ter de se afastar de tudo.

— Já tomei as providências necessárias. Vá dormir, amanhã agiremos.

Em segredo, Carmelino já havia preparado a viagem. Uns parentes da falecida mulher possuíam uma casa vazia em Paquetá, as chaves estavam à sua disposição. Avisou à curiosa criada Fania só na hora da saída. Para não vazar a notícia. A nenhuma das outras filhas se deu ao trabalho de comunicar que Alma passaria uma temporada fora. Paquetá ficava a apenas algumas horas do Rio, se elas sentissem saudades da irmã, coisa de que ele duvidava, poderiam visitá-la.

***

Hemon, porém, pusera Zeferino a vigiar a casa de Alma, e o chofer, assim que pressentiu a misteriosa viagem, deu um jeito de descobrir o destino e avisar ao patrão a novidade.

Hemon tinha vantagens em relação ao pai e à filha que perseguia. Era rico, o que facilitava obter os recursos necessários para atingir seu objetivo. Era proprietário de um barco que usava em passeios marítimos com a mãe, de vez em quando. E, melhor do que tudo, era o sobrinho querido e afilhado de Nestor, o irmão mais velho de Afranísia, na juventude marinheiro. Morando fora do país, rico com os negócios em alto-mar, tornara-se proprietário de uma ilha na baía, sugestivamente chamada "Ilha dos Amores". Hemon tinha a ilha à sua disposição, sempre.

— Todos os elementos estão do meu lado, Zeferino — orgulhava-se Hemon durante os preparativos. — Tio Nestor está na Europa, não volta antes do final do ano. Nós vamos chegar a Paquetá antes deles. Eu roubo a moça e a levo para a Ilha dos Amores. Lá conseguirei conquistar seu coração.

— Eu acho, se o patrão não se ofende com minha opinião, que é uma empreitada arriscada. Seu pai não vai gostar, e sua mãe vai ficar uma fera. Apesar de que também é muita maldade fazer com a mocinha o que dona Afranísia está planejando…

Frente ao espanto de Hemon, Zeferino decidiu contar tudo o que apurara depois da primeira conversa que escutara entre Afranísia e a criada de quarto.

— O senhor pensa que é o único a combinar rapto? Dona Afranísia já deixou tudo acertado. Se a moça não saísse do Rio de Janeiro hoje... no mais tardar depois de amanhã, o Nego Cobra iria raptá-la.

Era um exagero da crueldade de Afranísia, chocou-se Hemon, sem reconhecer a própria mãe. O Nego Cobra era um ferreiro, auxiliar de Efeso, feio como a necessidade e dele se dizia ter uma natureza tão amarga que caçava gatos não para comer sua carne ou fazer de seu couro tamborim, mas apenas pelo prazer de maltratar os bichanos no casebre em que vivia nos arredores da serralheria.

— Mas isso seria uma barbaridade, um crime — murmurou Hemon.

— Escutei dona Afranísia combinando com a empregada o plano. Era para ele raptar a moça. Podia até casar, depois que a notícia espalhasse. Se quisesse. Sua mãe disse que dava até um dote.

Dote nenhum compensaria aquele casamento monstruoso, revoltou-se Hemon. Como sua mãe podia levar a inveja de Alma a esse ponto? Por que o Nego Cobra?

— Me contou a empregada, pedindo muito segredo, que na opinião de dona Afranísia... — Zeferino tinha pena de transmitir tudo para Hemon — ... com todo respeito que lhe tenho, patrão, sua mãe disse que a moça é filha de negro, devia estar misturada com seus iguais.

— Pode ser que haja algum engano. — Hemon se agarrava à secreta esperança de que alguma contradição absolvesse sua mãe da sórdida trama.

— Na cozinha se sabe de tudo, patrão. Ainda mais com aquela fuxiqueira da criada de quarto de madame servindo de leva e traz.

A chegada deles a Paquetá foi silenciosa, quase triste; a notícia dos planos de Afranísia estragara o dia de Hemon e apenas a visão de Alma desembarcando com o pai conseguiu alegrar um pouco seu coração.

PERDAS E DANOS

O plano de Hemon era simples. A casa dos parentes de Alma estava vazia. Sabendo que pai e filha chegariam numa casa deserta e sem mantimentos, Zeferino apareceria como enviado de um simpático vizinho a oferecer um gostoso lanche de boas-vindas. Inventaria um costume da ilha para recepcionar os recém-chegados. Um sonífero seria acrescentado aos refrescos para adormecer pai e filha.

A habilidade de Zeferino e o cansaço da viagem colaboraram para que a abundante refeição fosse servida sem causar desconfiança a Carmelino e sua filha.

— Que gentileza, papai, os tios devem ser muito queridos aqui — Alma comemorou, aliviada depois da viagem estafante.

— Tem certeza de que é para esta casa que seus patrões mandaram este banquete? — Carmelino estava impressionado com a fartura.

— Sim, senhor — disse Zeferino, enrubescendo-se com a patifaria da qual era cúmplice. — É o nosso jeito de dar boas-vindas.

Depois de atender pai e filha com a competência de mais de vinte anos servindo de todas as maneiras a melhor sociedade do Rio de Janeiro, Zeferino se retirou um tanto envergonhado de estar enganando pessoas tão boas.

Exaustos, mas confortados pela saborosa comida, Alma e o pai não resistiram ao sono e se acomodaram para dormir. No dia seguinte, passeariam, planejariam o que fazer.

Depois de aguardar bastante, Hemon, acompanhado de Zeferino, invadiu a casa e, usando uma máscara, levou Alma adormecida para o barco, partindo imediatamente para a Ilha dos Amores.

O amor muitas vezes é egoísta. Não passou pela cabeça do jovem a aflição de Carmelino quando acordasse e encontrasse a terrível realidade do sumiço da filha. Hemon só pensava em conquistar o coração de sua amada e evitar problemas com a mãe. Aquele lhe parecia o caminho mais prazeroso e mais fácil. Estava enganado.

A máscara usada no rapto por Hemon, para evitar ser reconhecido por qualquer testemunha, era de seda, cobrindo a cabeça e parte do rosto, para disfarçar a cor e o formato dos cabelos, deixando de fora apenas a boca e parte do nariz e permitindo, através de frestas, ver seus olhos.

Alma, ao acordar, viu aquele desconhecido mascarado debruçado sobre seu leito. A máscara, de perto, sugeria alguma terrível doença de pele. Desfigurante.

— Quem é você? Onde estou? Onde está meu pai? O que aconteceu com ele?! — gritou assustada.

— Fique calma… Com o tempo tudo se esclarecerá. Você está a salvo… não tem o que temer.

— Como posso estar a salvo nas mãos de um desconhecido?

Alma estava em pânico. O desconhecido, porém, era meigo e, apesar de não ver o seu rosto, sentia na sua conversa a juventude e alegria que, antes dela, conquistara várias mulheres.

— Trouxe você para cá para salvar sua vida. Um homem horrível ia raptá-la, forçá-la a casar-se com ele, por causa da fama que começou a rodeá-la a partir daquele concurso. Seu pai achou que levando você para Paquetá conseguiria evitar esse destino, mas ele estava errado. Só eu posso salvar você.

— Quem é você? — Alma não acreditava totalmente no que ele dizia, mas os estranhos modos do pai na véspera da viagem faziam com que ela reconhecesse algum sentido no que o mascarado dizia.

— No momento só posso lhe dizer que está segura, livre dos perigos que levaram seu pai a procurar um refúgio. Ninguém deve saber que você está aqui. Quanto à máscara... — Hemon hesitou, se a tirasse poderia ser reconhecido como o *dandy* sempre elegante nos noticiários. — Imagine que eu tenho motivos para utilizá-la.

— Seu nome, pelo menos — pediu a moça, mais tranquila.

— Eu não posso lhe revelar isso ainda.

— Estou nas suas mãos, não sei quem você é, nem seu rosto posso ver... você não quer ou não pode mostrar o rosto?

— Esqueça isso, por enquanto. De mim você não terá nada a temer. Neste lugar você terá todo o conforto que precisar. Terei de me ausentar periodicamente. Mas voltarei rápido.

— Olha, se é por causa do concurso da Rainha da Beleza carioca... — perplexa, Alma imaginou descobrir as motivações de Hemon. — Se você ficou impressionado com o título, minha família é pobre, eu nem ao menos tenho um dote. Pelo visto, você deve ter dinheiro...

— Por agora nada mais posso dizer. E você não precisa de dote para casar. Qualquer homem colocaria tudo a seus pés para ter você como esposa. Pense nisso.

Alma não deveria, até se recriminou por isso, mas começava a se deixar fascinar pela aventura. Era diferente da vida tranquila do Méier. Um rapaz que parecia sofisticado, rico, raptá-la... Só temia um pouco a máscara... Afinal, por que ele usava a máscara? Alguma cicatriz horrorosa?... Ser raptada para não ser raptada... parecia até um daqueles folhetins que lia nos jornais.

***

Nos dias que se seguiram, Hemon não tentou forçar nenhuma intimidade, mas levava Alma a passear pela Ilha dos Amores e buscava encantá-la com a beleza do lugar e com sua conversa de conquistador. Na sua ausência a velha cozinheira surda-muda, que cuidava da casa de Nestor, tratava a moça como uma princesa. Apesar de estar num lugar diferente com um completo desconhecido, Alma se sentia excitada com o inusitado da situação, em tudo oposta ao seu cotidiano de subúrbio. Conversar com ele era muito mais interessante do que conversar com as irmãs mais velhas, com os vizinhos. Mais interessante do que conviver com a maledicência da criada.

Passou a sentir saudades quando ele partia de barco e a temer que alguma coisa acontecesse com o seu amado na travessia marítima. Porque essa certeza logo habitou seu coração. O rapaz era louco por ela, soube logo, com a segura tranquilidade das mulheres muito bonitas e muito amadas.

— Você se esconde atrás de uma máscara... por quê? É tão feio assim? — perguntou Alma, certo dia, firme, quase arrogante.

Hemon tinha apenas dezoito anos, dois a mais do que ela. Mesmo tendo, em sua curta existência, conquistado vários corações, era a primeira vez que se encontrava perdido de paixão. Não podia suportar que Alma suspeitasse que debaixo da máscara se escondia um rosto deformado. Sem dizer palavra, removeu a seda que escondia seus belos traços e os louros cabelos e contemplou, vaidoso, o choque de sua amada ao constatar sua beleza.

Era um sábado, Hemon havia inventado uma desculpa para os pais, um passeio a Petrópolis, para não dormir em casa naquele fim de semana. Os dois estavam ao ar livre e Hemon ficou maravilhado com a transformação de Alma. Naquela situação de aparente perigo, Alma avaliou, pensativa, a beleza de seu raptor. Alto, elegante, sofisticado, bonito.

Os dois se encaravam, calados, no ponto mais elevado de um morrote que dominava a paisagem da Ilha dos Amores. No horizonte, uma tempestade se formava. Eles não notavam. Estavam mais interessados em se reconhecer como belos, jovens e livres. Livres de suas famílias, dos vínculos do dia a dia, das convenções de sua época que reprovariam, com certeza, uma moça e um rapaz, sozinhos, naquele ambiente quase selvagem.

Livres, sorriram um para o outro, livre Hemon estendeu a mão para Alma e os dois, de comum acordo, seguiram de volta para a casa de Nestor, trocando palavras que não diziam nem a metade da emoção que os dominava.

A tormenta desabou antes que eles chegassem a casa. Do meio do caminho para a frente, os dois desistiram de correr, era inevitável ficarem encharcados pela chuva. Aproveitaram, então, quase crianças que ainda eram, para brincar de fugir e pegar e, quando finalmente escorregaram no terreno molhado, atirar lama um no outro, rindo às gargalhadas do ridículo de suas figuras.

Um grande relâmpago, seguido de trovão retumbante, fez Alma se assustar de verdade com a fúria natural e se abrigar junto a Hemon. O rapaz, que havia dias não pensava em outra coisa a não ser tê-la nos braços, mais do que depressa aproveitou do aconchego, ditado aparentemente pelo medo. Sentindo-se forte e protetor, carregou Alma para dentro.

Influenciada pelo medo dos trovões ou conquistada pela beleza e charme do jovem companheiro de passeios ou, ao final, pela situação à qual fora arrastada por Hemon, o certo é que Alma, a partir daquele momento, deixou de resistir a ele. E foi além, decidindo seduzi-lo.

Hemon estava emocionado com o seu desamparo, com o medo infantil que Alma demonstrava das grandes ondas, formadas pela tempestade, a quebrar na praia.

Ele a levou no colo até o quarto e, cavalheiro, tentou deixá-la sozinha. Alma não permitiu. Ainda imbuído de boas intenções, o rapaz se ofereceu para dormir no chão, para velar seu sono, segurando sua mão como se faz com as crianças pequenas.

Comovida com o cavalheirismo dele ou instigada por seu autocontrole, Alma tomou a iniciativa de beijá-lo. Era mais do que ele esperava naquele momento. E era muito menos do que queria. Desde o tempo em que a seguia na rua, disfarçado de pobre. Desde a hora em que ouvira os amigos elogiando-a ou desde que seus olhos viram, pela primeira vez, o retrato dela.

Um beijo era pouco. E, tendo a tempestade como orquestra ao fundo, Hemon e Alma viveram o amor completo, sentindo-se, os dois, como o único homem e a única mulher a se amarem na terra. Como se, sozinhos no mundo, houvessem encontrado um paraíso só deles.

Depois de uma noite apaixonada, dormiram um nos braços do outro e, nos dias que se seguiram, viveram para essa lua de mel permanente. Sem saber que aquele idílio iria em breve enfrentar sentimentos tão ou mais poderosos do que o amor.

OBSTÁCULOS SE AVIZINHAM

Voltemos agora ao pai de Alma. O amanhecer do dia do rapto encontrou Carmelino desesperado: sumira sua filha querida. Revistou a ilha, indagou aos moradores e aos tripulantes das barcas, descreveu Alma para todos. Ninguém a tinha visto.

Poderia Carmelino dar queixa à polícia. Temeu, porém, os comentários que com certeza destruiriam a reputação da filha. Sem saber o que fazer, a quem apelar, decidiu retornar para sua casa no Méier, na esperança insensata de que Alma tivesse decidido voltar sozinha, sem avisá-lo.

Alma não estava em casa, e Carmelino interrogou severo a espevitada Fania. Esta ficou eletrizada com a notícia, fingindo indignação com a hipótese de o patrão imaginá-la cúmplice de uma fuga desonesta. E indignada com Alma, por ter escondido dela uma decisão tão importante.

— Como pode pensar tal coisa de mim, seu Carmelino? — Ao mesmo tempo, Fania colocou mais dúvida na mente do pobre pai desesperado. — Será que essa sonsa fugiu com alguém? Com quem, meu Deus?... Como não percebi nada?!

— Claro que minha filha jamais faria isso, Fania. Deve haver alguma explicação para o seu sumiço.

— Sozinha? Sem ninguém ver?! Como é que pode?

— Se eu soubesse, não perguntava! — Carmelino se irritou, mais confuso ainda. — Você está proibida de contar para quem quer que seja o desaparecimento de Alma.

— Pode deixar, patrão. Minha boca é um túmulo. Quero que um raio me fulmine se eu abrir a boca pra falar desse assunto. — Para selar o compromisso, Fania beijou duas vezes os dedos cruzados sobre a boca.

Carmelino não acreditava nessa promessa, mas sabia que era inútil esperar mais de Fania. Contendo seu desgosto, partiu para indagar entre os conhecidos se alguma coisa estranha teriam notado em relação à filha. Eram tantos os seus cuidados em não revelar a verdade que pouco descobriu. A todos informou que Alma passava uns dias fora, com uma tia da falecida mãe. Não encontrou Alma e, entre vizinhos e parentes, deixou a impressão de esquisito, sistemático, uma maneira delicada de definir, naqueles tempos, uma pessoa que não estava no seu juízo perfeito.

De uma coisa, porém, ele pôde ter certeza nos dias que se seguiram: Alma não estava escondida no Rio de Janeiro. Pelo menos, não nas casas que ele visitara. O seu desespero aumentou. Imaginou um ataque de sonambulismo, um afogamento, dezenas de suposições mais e mais dramáticas atormentavam a mente do pobre pai.

Fania, emocionada com o compromisso solene que assumira, levou dias avaliando a situação. Mais preocupada em discernir até onde ia o compromisso do que com o paradeiro de Alma. Decidiu, por fim, que o juramento não incluía o restante da família e procurou as irmãs de Alma para relatar o sucedido.

Encontrou as duas juntas, na casa de Sophia, e ambas reagiram da mesma forma:

— Sempre soube que Alma era sonsa. Mais cedo ou mais tarde iria se revelar — disse Ermelina.

— Será que fugiu com algum homem? Beleza em excesso dá nisso — criticou Maria Sophia.

Fania não disse nada. Gostava de Alma, mas gostava mais ainda de espalhar um boato apetitoso. As irmãs seguiram a criada, iam à casa do pai prestar solidariedade. E mostrar que, finalmente, eram elas as que não davam motivo para desgosto. Não eram como Alma, a preferida.

Carmelino, ao ver chegarem as filhas, notou a inutilidade de seu pedido de silêncio a Fania. E resolveu contar a elas tudo, incluindo a carta anônima e a consulta à cartomante famosa.

As filhas, enquanto o ouviam, demonstraram horror e preocupação com o que acontecera à caçula. Ao mesmo tempo que tentavam consolar o pai, lhe dizendo palavras tranquilizadoras sobre o que ocorrera, aproveitavam a oportunidade para destilar todo o ressentimento que guardavam havia anos sobre a preferência do pai pela filha mais nova.

— Não o imaginava vivendo essa situação tão difícil, papai — disse Maria Ermelina, a filha mais velha, em voz baixa e pausada. — Provavelmente não aconteceu nada de grave com Alma. Quem sabe ela se levantou porque não conseguiu pegar no sono, foi dar uma caminhada e acabou se afastando muito de onde vocês estavam e não conseguiu acertar o caminho de volta — continuou.

— Eu acho que papai está se preocupando à toa. — Maria Sophia mantinha a mesma calma da irmã. — Acho que Alma resolveu viver sua própria vida, longe de nós. Para mim, apesar de todo esse cuidado que o senhor sempre teve com ela, Alma deve pensar que, por ser mulato, acabaria atrapalhando o futuro dela.

— Alma jamais pensaria isso de mim — reagiu Carmelino.

— Ninguém sabe o que se passa na cabeça de pessoa branca que tem pai mulato e irmãs negras — insistiu Sophia.

— Será que ela fugiu com um de seus admiradores? — perguntou Maria Ermelina cinicamente, para confundir mais ainda o pai.

— Não, isso não é possível. Alma é uma boa moça. — Carmelino balançou a cabeça, não querendo acreditar no que ouvia.

— Eu acho mais provável é que Alma, com essa história de concurso de beleza, esteja tentando se livrar de nós. Veja o que aconteceu com mamãe, que morreu de desgosto por ter-se rebaixado casando com um mulato e tendo filhas pretas. E não sabendo como Alma ficaria quando assentassem a cor e o cabelo... — Maria Sophia cutucava a amargura e a insegurança que sempre assombraram Carmelino.

— Deixa de bobagens. Sua mãe nos amava. Ela morreu tísica. E, quanto à viagem, a ideia foi minha. Alma não planejou nada — Carmelino respondeu firme.

— Ora, papai, mas aí está a resposta, o senhor quis viajar, não Alma. Provavelmente, para não contrariá-lo, ela não lhe disse nada e, na primeira oportunidade, fugiu — instigou Maria Sophia.

— Isso não pode ser. Quem sabe algum malfeitor levou-a enquanto dormia e eu nada vi. Não acredito em fuga. Alma não seria capaz disso. Mesmo porque não há motivos — Carmelino reagiu indignado. — E, vocês duas, parem de tentar meter coisas na minha cabeça. Só vou sossegar quando souber onde está Alma. E vocês vão me ajudar a procurá-la.

— Podemos dar queixa ao chefe de polícia — sugeriu Sophia. — Apesar do escândalo inevitável.

— Polícia, jamais. Nós vamos encontrar Alma — Carmelino completou.

As irmãs duvidavam dessa hipótese, mas se calaram, hipócritas. Fania, que tudo ouvia atrás da porta, sentiu-se, no entanto, animada para a investigação. Ali estava uma boa fofoca, tinha certeza.

***

O sumiço de Alma também repercutia em outra frente. Mas de modo distinto.

— Você tem ouvido alguma notícia da suburbana? — Afranísia, satisfeita com a ausência da concorrente nas folhas de jornal, estava, ao mesmo tempo, levemente intrigada, por isso a pergunta bem-humorada ao filho.

— Não, mamãe… por que eu teria?

— Porque eu pedi que você conseguisse algum amigo para seduzi-la e colocá-la em seu devido lugar.

— Ninguém se interessou em ir ao Méier… Aliás, onde fica esse lugar?

— Agora não importa mais. — Afranísia examinou o filho com um olhar crítico. — Você está de conquista nova? Não para mais em casa…

— Já está no fim — disfarçou Hemon. — A senhora sabe… sou como o beija-flor… A única mulher permanente na minha vida é a senhora…

No egoísmo de seu grande amor, a principal preocupação de Hemon era evitar que a mãe soubesse da permanência da moça, que ela odiava, na Ilha dos Amores. Confiante na cumplicidade de Zeferino, Hemon estava com Alma em todos os momentos que conseguia e poderia ficar assim para sempre. Não fossem os laços que a ligavam a sua própria família.

***

No mesmo dia em que Afranísia perguntou por Alma, começou a se armar um grande obstáculo à felicidade do jovem casal. Conversavam os dois na ilha no final da tarde, num caramanchão de flores. Alma tentando demover Hemon de sua opção pelo sigilo.

— Por favor, amor, não posso deixar minha família, meu pai, sem notícias.

— Eu acho perigoso. Não quero que ninguém saiba que estamos juntos... Podem conspirar para a nossa separação.

— Querido, eu conseguirei que mantenham segredo. Me imaginar morta... ou perdida... isso deve estar matando meu pai de desgosto.

— Se ele vier aqui, vai levá-la embora imediatamente.

— Ninguém poderia nos separar se nos casássemos.

— Alma, isso é o que eu mais quero. Mas ainda não resolvi tudo o que impede que fiquemos juntos no Rio. Acredite em mim, meu amor, preciso de tempo para ajeitar uma situação muito difícil.

Alma ficou pensativa por uns instantes. Ela respeitava o segredo de Hemon. Pressentia que era a única maneira de tê-lo por perto. Confiava quando ele dizia que, aos poucos, conseguiria criar condições para que os dois vivessem felizes, para sempre. Talvez não fosse o caso, ainda, de contar tudo para o pai. Ele não aceitaria aquela situação, era velho, tinha ideias antiquadas. Era melhor fazê-lo conhecer a verdade aos poucos.

— Então eu gostaria de ver minhas irmãs... elas tranquilizariam meu pai.

— Acho que não é o momento, mas se isso vai deixar você menos aflita... — Hemon pôs-se a imaginar uma maneira de realizar o desejo de Alma sem comprometer o segredo dos dois. — Vou mandar o Zeferino levar suas irmãs a um lugar seguro para que você possa vê-las. Agora, em hipótese nenhuma elas podem saber o meu nome ou onde moramos.

Zeferino, o cúmplice, foi instruído por Hemon sobre como lidar com as irmãs de Alma. Deveria levá-las até a Floresta da Tijuca, onde, num pequeno restaurante que se reservava para encontros sigilosos, conversariam com a irmã.

— Faça-as prometer não comentar com ninguém.

— Patrãozinho, é melhor deixar essas irmãs onde estão. Só vão atrapalhar.

— Não aguento a aflição de Alma. Entre em contato com elas imediatamente — ordenou Hemon.

Zeferino tinha certeza de que o plano não ia dar certo e que o patrão começava a cavar um buraco debaixo dos seus próprios pés. Mas como aconselhar um jovem apaixonado que só deseja o que deseja o seu amor?

***

O encontro das três irmãs não poderia ter sido mais hipócrita, por um lado, e ingênuo, por outro. As mais velhas fazendo de conta que não se incomodavam com o luxo do carro dirigido por um chofer uniformizado, o almoço preparado só para elas no restaurante fechado especialmente para a ocasião. Alma, feliz de poder dar notícias à família e feliz de poder partilhar o grande amor que estava vivendo com um homem jovem e terno com quem, tinha certeza, casaria em breve.

— Que história esquisita! — Maria Ermelina não conseguia conter o despeito. — Como você pode confiar nesse sujeito? Não conhece a família dele, nem sabe o sobrenome. Ele pode ter seduzido você por capricho ou com intenção ainda pior.

— Homem nenhum vai querer casar com você depois de tudo isso — afirmou Maria Sophia raivosamente. — Quando papai souber, vai colocar você num convento. Ou num asilo de loucos.

— Foi a coisa mais maravilhosa que me aconteceu. — Alma, magoada com as irmãs, tentava defender o seu amor. — E vocês prometeram não contar ao papai. Prometeram que diriam que eu estou vivendo na casa de uns amigos que conheci em Paquetá.

— Papai jamais vai acreditar nisso. A única chance de convencê-lo de que você está bem é descobrir quem é esse sujeito — exigiu Maria Ermelina enquanto pensava: "Por que é que eu não consegui um homem assim?"

— Ele tinha razão, foi uma péssima ideia conversar com vocês.

Ermelina e Maria Sophia se entreolharam nervosas. Conheciam a irmã, se não a apaziguassem, ela passaria a ignorá-las e elas voltariam para suas vidinhas mesquinhas, enquanto Alma continuaria na sua lua de mel idílica e luxuosa. Num acordo instantâneo, resolveram destruir a felicidade da irmã, para elas insuportável.

— Queridinha, você é nossa irmã caçula, não leve a mal nos preocuparmos com você. — Maria Ermelina estava com os olhos cheios de água... de raiva, porém simulando tristeza.

— Nós temos de saber as intenções dele... ele vai casar com você? Ele sabe que você só parece branca... mas é meio preta? Ele sabe que nosso pai é mulato? — Maria Sophia arfava de tanta maldade represada.

Confusa, Alma não sabia mais o que pensar. As irmãs pareciam bem-intencionadas em suas preocupações. Talvez fosse melhor ela investigar direito quem era seu amado. Tentar descobrir o segredo que ele escondia. Maria Sophia e Maria Ermelina, vendo a confusão de Alma, acharam melhor não exagerar e se despediram, prometendo guardar segredo.

***

Na volta para a estação do Méier, o lugar onde Zeferino as buscara, as irmãs tentaram arrancar informações do motorista.

— Quem é o seu patrão? Onde ele mora? Em que lugar ele esconde nossa irmã? — interrogou Maria Sophia.

— Minha senhora, eu só dirijo o carro. Vocês vieram a convite da patroazinha, se quiserem informações perguntem a ela.

— Olha aqui, sujeitinho, ou você responde ou nós chamamos a polícia para interrogar você.

— Minhas ordens são para levar vocês até o Méier. Se continuarem a me perturbar com esse converseiro, paro o carro e vocês vão a pé.

— Sujeitinho horroroso!

As irmãs ignoraram Zeferino e foram até o Méier num silêncio rancoroso. O motorista, assim que as deixou, encontrou-se com Hemon num bar próximo para dar o relatório.

— Patrãozinho, essas duas são uma ameaça. Quando elas se despediram, a senhorinha parecia perdida, sem ação. Alguma elas fizeram com a coitada.

— Deixa estar. Elas nunca mais magoarão Alma. Nem elas nem ninguém. Amanhã mesmo vou conversar com meus pais. Levo Alma comigo, eles não resistirão a sua doçura.

Mal sabia Hemon que o caminho confuso escolhido para conquistar seu amor já estava coberto de uma rede de espinhos intransponível. Ele não teria mais tempo nem para mudar o caminho nem para vencer as barreiras.

A HORA DA DIVISÃO

Confusa com as intrigas das irmãs, dividida entre sua lua de mel apaixonada e o medo de estar sendo um joguete nas mãos de um homem que mal conhecia, Alma se preparou, na ausência de Hemon, para resolver, de uma vez por todas, a situação com aquele que amava, mas não sabia direito quem era.

Perguntaria a ele, calma e segura, que dificuldades impediam que eles vivessem juntos, à luz do dia. Debateriam os dois, avaliariam, chegariam a um acordo. Ela esperaria pela solução, fosse qual fosse, na casa do pai. Esperaria por ele.

Sua angústia, porém, precisou ser adiada. Afranísia, a quase sogra cuja existência ela não conhecia, recebia convidados importantes na noite em que Zeferino levou suas irmãs de volta. Alma ficou sozinha num pequeno chalé, no meio da floresta, alugado por Hemon para dormirem por ocasião da visita das irmãs. Ela ficou com sua solidão e suas dúvidas.

Insone, Alma esperou a volta de seu amor. De madrugada, escutou o carro. Era Zeferino trazendo Hemon. Este, para não incomodá-la, imaginando-a dormindo, se recolheu a um pequeno quarto do lado de fora.

Alma, sem saber o que fazer, resolveu que aquele era o momento de esclarecer tudo. Acendeu um candeeiro a gás e foi procurar Hemon.

O rapaz, cansado de uma noite entediante passada disfarçando a vontade de estar a sós com Alma, e tendo de suportar os convidados da mãe, adormecera. Alma, ao vê-lo tão lindo e louro jogado na cama ainda com as roupas de festa, se enterneceu. Abaixava-se para cobri-lo com a colcha e beijá-lo, quando viu o retrato.

Era uma reprodução pequena, muito comum na época, com uma bela moldura trabalhada em ouro. Era a pintura de uma lindíssima loura, e a dedicatória apaixonada despertou a insegurança e o ciúme que já vinham atormentando Alma: "Para Hemon, meu amor eterno."

Alma passara por cima de todos os medos e preconceitos de sua época e de sua pouca idade por aquele amor. O contato com as irmãs, à tarde, havia provocado dúvidas sobre sua escolha, o retrato descoberto de súbito fincou uma certeza: ele tinha outra. Bela, loura, rica. Como ele.

Impulsiva, Alma saiu do quarto e da casa. A ela não importava para onde iria ou como faria para fugir daquele lugar. Só queria se afastar o mais rápido possível daquele que, na sua tresloucada visão de momento, a estava enganando. Brincando com seus sentimentos, escondendo-a da sociedade onde se divertia com outra.

Na pressa, deixou o candeeiro. Na pressa, correu pelo mato, para colocar o máximo de distância entre ela e seu amado. "Ingrato, perverso, enganador", pensava e chorava, machucando os pés e o corpo na corrida desabalada.

Levou horas para se acalmar. Já era dia quando o condutor de uma carrocinha de leite, passando pela estrada, parou ao seu lado e perguntou se precisava de ajuda. Ela aceitou, e foi o velho português tocando o burrinho e entregando leite recém-tirado que, no caminho, desvendou para Alma as consequências terríveis do seu impensado ato.

***

Hemon despertou com a luz próxima ao seu rosto. Tonto de sono, tentou afastá-la pensando tratar-se da claridade do dia ou do reflexo de alguma lamparina. Não. Era um incêndio que já dominava o quarto e ameaçava atingir todo o chalé.

Em pânico, o rapaz tentou escapar do quarto, alcançar Alma, que imaginava dormindo. Seu esforço foi em vão. Quando conseguiu saltar pela janela, o fogo destruíra tudo, menos o quarto em que Alma deveria estar. Ferido pelas chamas, descobriu que seu grande amor partira. Dela não restava nenhum sinal. Partira antes de o fogo ter começado, provavelmente. Sem deixar um bilhete, um sinal. O seu amor não significa muito para ela, suspeitou Hemon. E a suspeita aumentou em muito sua dor.

***

O condutor da carrocinha de leite morava próximo ao restaurante e ao chalé. Contou a Alma que ele e outros vizinhos, atraídos pelas chamas, foram os primeiros a socorrer Hemon, encontrado perto da casa chamuscada e do quartinho destruído.

— Não adianta a senhorita ir até lá, o rapazinho foi removido para o hospital da Ordem Terceira. Isso já tem horas, estava muito ferido.

Alma desesperou-se com a notícia. Pela terceira ou quarta vez, em menos de vinte e quatro horas, seus sentimentos passaram por uma reviravolta radical. Primeiro quisera desesperadamente estar com as irmãs, tranquilizar sua família, dividir sua felicidade. Depois, influenciada pelas irmãs, se debatera em dúvidas sobre a honestidade e o amor de Hemon. Quando vira de madrugada o retrato da mulher loura, quisera morrer e sufocar seu amor para sempre. Agora, sacolejando na carroça, a única coisa que desejava era ter seu amado de volta. Vivo.

Pensassem o que quisessem as irmãs, o pai, o mundo, para ela o que importava era estar Hemon são e salvo. Nos seus braços. Mesmo sem a bênção do pai ou da sociedade.

***

No hospital, as freiras custaram a atendê-la e não cederam aos seus pedidos de informação. Alma era uma figura estranha, com o vestido rasgado, sujo, os cabelos emaranhados, os pés feridos. Vagou pelos corredores, com fome e desespero, até uma noviça se apiedar dela:

— Você quer saber do rapaz que chegou aqui de madrugada, queimado depois de um incêndio num antro de pecado, lá pelos lados da Floresta da Tijuca, não é?

A pobre Alma assentiu, mal podendo acreditar que, finalmente, iria ter notícias de seu amado. A freirinha continuou rápido, já se viam no fundo do corredor as vestes negras da chefe da enfermagem:

— Os pais dele vieram buscá-lo com um médico e o motorista logo nas primeiras horas. Levaram para tratar em casa.

— Onde? — A pergunta foi balbuciada, tal era a fraqueza e o cansaço de Alma.

— Dizem que moram em Botafogo. Perto da Matriz. Gente muito rica. Mais eu não posso dizer. Não sei. Boa sorte na sua busca.

A noviça saiu ao encontro de sua chefe e Alma escorregou no chão. Desmaiada.

***

Na modesta casa do Méier também reinava o desespero. Carmelino fora informado pelas filhas mais velhas da desonra de Alma, seduzida por um homem rico mas misterioso.

— Talvez um bandido, um traficante de armas — sugeriu Sophia. — Alguma coisa ele esconde, pois Alma não sabe nada a seu respeito. Só o primeiro nome.

— E o senhor precisa ver como Alma não tem a menor vergonha dessa situação. Nós nunca a vimos tão contente. — Ermelina envenenou mais ainda a alma do pobre pai.

Feliz porque a filha estava viva, Carmelino ficou completamente desorientado por ela estar vivendo com um homem desconhecido até dela mesma. Via se confirmar a predição da cartomante, da destruição da filha querida por um homem maléfico.

— É negro esse sujeito? — perguntou Carmelino, temendo a resposta.

— O que importa a cor do tipo, papai? — A velha mágoa de Sophia contra a rejeição do pai irrompeu com força. — Nós estamos lhe dizendo que Alma está perdida, homem nenhum vai querer casar com ela depois disso, e o senhor só se importa com a cor da pele?

— Se o sedutor for branco, o senhor provavelmente vai bater palmas. Vai receber Alma de volta a essa casa como se não tivesse acontecido nada. — Ermelina também não podia perdoar o pai por tamanha desconsideração. — O senhor não dá a menor importância à nossa dor por termos uma irmã tão desavergonhada.

— E o que vocês querem que eu faça? — A voz de Carmelino estava alquebrada, ele reconhecia, no íntimo, que as filhas tinham motivos para se sentir preteridas.

— Acho que a melhor solução é irmos todos à polícia — disse Maria Sophia.

— É isso! Vamos colocar esse malfeitor na cadeia — concordou o pai. — Trazemos Alma para cá, não, pensando bem, acho que o melhor é uma de vocês duas abrigar a menina por algum tempo. Para evitar os falatórios.

— Não sei, não, mas acho que meu marido não vai aceitar uma decaída lá dentro de casa. — Ermelina reluzia de satisfação com a infelicidade da irmã.

— E os falatórios acontecerão de qualquer jeito, em qualquer lugar. Principalmente se dermos queixa à polícia — ponderou Maria Sophia, já abrindo mão da denúncia.

— Papai, o senhor foi criado pelos padres... Será que, com seus conhecimentos, o senhor não conseguiria que as freiras aceitassem Alma em um convento? Parece que mulheres perdidas que realmente se arrependem podem começar nova vida como freiras — sugeriu Ermelina.

— Colocar no convento uma moça linda como a sua irmã? Ela não nasceu para isso. — Carmelino sentia-se desesperado, enredado nas intrigas das filhas, mas sem saber o que fazer diante da situação.

— O importante, papai, é que o senhor seja firme com ela. Não a trate como uma caçulinha que fez mais uma traquinagem quando ela aparecer pedindo abrigo. Porque ela vai aparecer quando for abandonada por esse sujeito. Pode ter certeza que vai.

As duas intrigantes ainda se demoraram a colocar o pai contra a irmã, deixando-o cada vez mais confuso e desesperado. Foram embora tarde da noite, sem responder à pergunta do velho. A cor do homem que arrastara sua filha para tal situação. Pensavam elas que o pai só estava, mais uma vez, rejeitando a cor que dele herdaram. Podia ser que fosse. Mas o motivo principal que movia Carmelino era a esperança de que Alma tivesse, por caminhos tortuosos, encontrado o grande amor, como as cartas haviam predito. E não tivesse caído nas garras do homem a mando do mal. Negro.

***

Estavam enganadas as irmãs quando pensaram que Alma procuraria o pai, em primeiro lugar, no dia que buscasse abrigo. Assim que se recuperou do seu desmaio no corredor do hospital, Alma correu em busca, exatamente, das duas invejosas.

Seu raciocínio era o de que o pai, já idoso, poderia não entender aquele amor tão pouco de acordo com os costumes da época. As irmãs eram casadas, eram mulheres, a diferença de idade não era tão grande. Saberiam compreendê-la. Estava enganada.

Procurou primeiro a mais velha, que morava mais perto do hospital de onde acabava de sair. Sophia a recebeu na soleira da porta, na acanhada casa de vila no bairro da Boca do Mato, e não quis nem escutar sua triste história.

— Ajudar você?! Volte para sua ilha, para o seu chalé na floresta, para o Don Juan que você arranjou em Paquetá. Eu sou uma senhora respeitável, não quero saber de uma irmã assim.

— Mas, Sophia, eu não tenho dinheiro, estou com fome, cansada de andar...

— Pensasse nisso na época em que era a queridinha do papai, antes de se envolver com quem não presta...

A irmã bateu-lhe a porta na cara e Alma arrastou seu cansaço para a casa de Ermelina, que, aparentemente mais caridosa, deixou-a entrar e contar os últimos acontecimentos com aparente compreensão, enquanto lhe servia uns restos de sopa e um pedaço de pão dormido.

— Você acha que esse rapaz ainda vai querer você? Homem nenhum dá valor a uma moça que abandona todos os seus princípios por uma paixão desvairada. A paixão, minha irmã, barateia as pessoas. Você devia ter pensado nisso em vez de se divertir com ele.

— Eu preciso encontrá-lo, Ermelina. Tenho certeza de que o amor dele por mim está acima de tudo.

— Vou conversar com meu marido e ver em que podemos ajudar você. Volte amanhã porque eu não posso abrigar você aqui em casa. Conversamos muito, eu, Sophia e papai, a seu respeito. Talvez o melhor fosse você viver retirada da sociedade por uns tempos...

— Mas, Ermelina, sou sua irmã, preciso de ajuda.

— E eu tenho a obrigação de passar por cima da opinião do meu marido por sua causa? Já não bastam as noites que perdi quando você era pequena, cuidando, mimando, escondendo suas travessuras? Alma, não seja impaciente e ingrata.

Com essa resposta dura, ela foi conduzindo a irmã porta afora, contente, no fundo, em ver realizadas suas sombrias previsões. O amor de Alma não dera certo e, pela primeira vez na vida, ela e Sophia estavam em vantagem.

***

Faltou a Alma coragem para ainda procurar diretamente o pai. Sabedora de que Carmelino saía bem cedo todos os dias para a repartição, esperou a hora de encontrar Fania sozinha. Precisava desesperadamente de ajuda para chegar até Hemon. Quem sabe a criada serviria de auxílio.

Desde que se perdera de Hemon, pela primeira vez encontrou algum carinho. Fania, apesar de mexeriqueira e leviana, se compadeceu imediatamente de seu estado. No colo da empregada pôde, finalmente, chorar a triste história do incêndio provocado num acesso de ciúme. A fuga pela floresta, a notícia do desastre, a falta de notícias de seu amado e a dor, imensa, de ser alvo do rancor das duas irmãs.

— Essas duas nunca me enganaram — garantiu Fania, enquanto esfregava as costas de Alma, que estava mergulhada até o pescoço na grande tina cheia de água quente. — Você ficava arranjando desculpas para elas porque seu pai sempre as tratou com menos carinho, mas se toda pessoa maltratada fosse ruim não dava para se andar na rua.

— Elas me deixaram confusa, Fania, por um momento eu perdi toda a confiança no meu amor — lastimou-se Alma.

— Também ele merecia que você perdesse a confiança. Onde já se viu raptar alguém, usar máscara, esconder sobrenome e endereço? Ele bem que merece um castigo, esse rapaz.

— Pode ser, mas eu preciso dele. Você me ajuda?

Fania gostava muito de Alma, faria tudo a seu favor. Sua ajuda não podia prescindir, no entanto, de uma boa fofoca. Era sua natureza e limite, como se verá adiante.

Banhada e alimentada, Alma saiu em direção a Botafogo, acompanhada de Fania, para descobrir, afinal, tudo sobre Hemon. Onde estava, quem era, tudo a seu respeito. Alma temia o que iria encontrar. Fania exultava de interesse.

Saíram as duas antes de Carmelino voltar. O pai da moça com certeza não concordaria com a iniciativa. E Alma estava decidida a não permitir que outras pessoas interviessem em seu destino. Mal sabia que sua provação estava apenas começando.

***

Hemon ardia em febre no palacete da família. Buscado pelos pais no hospital, recusou-se, desde o início, a contar o que acontecera. As queimaduras e os cortes não eram graves, a princípio, mas a tristeza de não estar com sua amada e a mágoa de suspeitar que ela não o amava debilitaram sua resistência. Os remédios recomendados pelos médicos não surtiam o efeito esperado, e Afranísia e Efeso temiam pela vida do filho.

Zeferino, interrogado pelos patrões, manteve-se firme na guarda dos segredos de Hemon. O restaurante e o chalé na Floresta da Tijuca eram conhecidos endereços para encontros clandestinos. Quem acompanhava Hemon ele não sabia. Quando o rapaz melhorasse, poderia informá-los de tudo.

Afranísia, se pudesse, teria demitido o motorista. Efeso, normalmente cordato com os caprichos da mulher, não aceitou.

— O motorista é experiente, o automóvel novo, e nosso filho leva a vida na brincadeira. Por que deveria o pobre Zeferino ser mandado embora por mais uma irresponsabilidade de Hemon? — contrapôs Efeso.

— Que ele fique, então, longe de minhas vistas. Leve-o com você para a serralheria — decidiu Afranísia.

Essa decisão salvou o emprego de Zeferino, mas atrapalhou sobremaneira a vida de Alma. Quando Fania, com sua habilidade de perguntadeira, encontrou a casa de Afranísia, ali não existia nenhum aliado. Ninguém que conhecesse Alma, ninguém que pudesse ajudá-la a chegar até Hemon, trancado num quarto, atendido pela mãe e por duas enfermeiras.

***

Aquela era uma época, no Rio de Janeiro, sem lista telefônica, sem internet e com separação de classes muito mais rígida do que nos dias de hoje. As únicas informações que Alma possuía sobre o seu amor eram o primeiro nome e o bairro. Custaria muito achá-lo sozinha. Demorou uma manhã e parte da tarde em companhia de Fania.

Acabaram no portão da chácara, as duas. Ali vivia uma senhora bela e rica que tinha um filho chamado, justamente, Hemon, apurara Fania. Mais precisamente, um filho acidentado havia dois dias num incêndio na Floresta da Tijuca. A criada estava orgulhosa da sua competência investigativa e, no caminho até a chácara, não se cansava de se autoelogiar para Alma.

— De quem foi a ideia de procurar o padeiro? — Fania perguntava e ela mesma respondia: — Minha. A ideia de procurar pelo chofer e não pelo patrão foi supimpa, não foi? Claro, é muito mais fácil procurar pelo empregado, sem despertar desconfiança...

E, nesse diapasão, arrastava Alma, tímida e temerosa, até o endereço de Afranísia. Fania conseguiu atrair a atenção do jardineiro e entrou na chácara para confirmar tudo. Nesse ponto foi que Fania cometeu o grande erro. Não voltou para dar à inquieta Alma a notícia de que sua busca chegara ao fim. Hemon estava na casa, são e salvo.

Zeferino, o único que poderia levar um recado de Alma para Hemon, não se encontrava. Uma pessoa menos afoita do que Fania comunicaria a Alma a dificuldade. Ela que decidisse o que fazer. Recurso mais arriscado era o de explicar à dona da casa, diretamente, o motivo da investigação. O que não era uma empreitada fácil. Tendo Fania a mania de transmitir notícias, não resistiu.

Pediu para falar com Afranísia, tinha um assunto urgente, do interesse de seu filho.

— Dona Afranísia não atende qualquer uma que bate em sua porta. Chispa daqui! — A criada que atendeu não ficou nem um pouco impressionada com a presunção de Fania.

— Trago notícias da noiva do filho de sua patroa — reagiu Fania, ríspida. — Rápido, vá chamá-la!

Espantada, a criada resolveu consultar a patroa, que, ao ser informada do teor da mensagem, dividida entre a irritação e a curiosidade, atendeu Fania.

— Senhora, minha patroazinha está desesperada por não ter notícias de seu amor!

— Devagar, insolente! De que patroazinha, de que amor você está falando? Tem certeza de estar no endereço certo?

— Minha patroazinha é aquela que ganhou o título de mulher mais bela do Rio. — Vendo o espanto de Afranísia, Fania foi adiante sem ter noção de que, a cada palavra, era maior a tormenta que se armava contra Alma. — Todos os jornais falaram... Ela e seu filho viveram um amor ardente... numa ilha perto de Paquetá... Ele prometeu a ela casamento, mas se feriu e desapareceu...

Afranísia, ao ouvir isso, pensou em morrer, em matar, não era possível tamanha traição de um filho tão querido.

— Você fique aqui, parada. Eu vou tirar a limpo essa história — ordenou à espantada Fania, sem lhe dar chance de tornar a abrir a boca. E, antes de sair da copa, ainda ordenou à cozinheira: — Se essa intrigante tentar sair daqui, amarrem-na. No pé da mesa.

No quarto do filho, Afranísia ignorou a febre, teria esbofeteado Hemon se uma das enfermeiras não corresse a contê-la.

— Canalha! Filho desnaturado! Traidor... Me enganou, fingiu que procurava uma maneira de destronar a suburbana e estava se divertindo com aquela cobra. Numa ilha! Como você se atreveu a levar a negrinha para a Ilha dos Amores?

— Mamãe, eu amo Alma. É mais forte do que tudo o que eu já senti. — Hemon, indefeso pela doença, não sabia como escapar da fúria materna.

— Você vai me jurar que nunca mais vai procurar essa mulher — exigiu Afranísia.

— Impossível, minha mãe. Prefiro morrer a viver sem ela.

— Então vai morrer pobre, porque vou deserdar você! Se é para viver com aquela suburbana... — ela hesitou, só por instantes — eu prefiro distribuir nossa fortuna entre os criados...

Hemon caiu sem forças sobre os travesseiros enquanto Afranísia se precipitava para fora do quarto. Cuidaria agora das duas atrevidas. A criada e a patroa.

***

Nada em sua vida preparara Alma para o choque de conhecer Afranísia e enfrentar o seu ódio. Ódio pela rivalidade na beleza e ódio pela rivalidade no amor do filho. Uma de suas criadas foi buscar a moça no portão, enquanto outra escorraçava Fania da chácara por outra saída. Com a ordem de jamais tornar a pisar na propriedade.

Afranísia, magnífica na sua beleza e elegância, abriu a porta olhando Alma com desprezo de cima a baixo. Ela não podia imaginar que o alívio sentido por Alma por reconhecê-la como mãe de Hemon era maior do que o medo. Mais uma vez, Alma se arrependeu de não ter confiado no seu amor. Era mãe, não era rival, como ela temia. Não sabia que, às vezes, mães podem ser piores no seu ciúme do que uma simples namorada.

— Então você é a tal que viveu uma aventura com meu filho na Ilha dos Amores. O que faz você pensar que meu filho ainda tem algum interesse na sua pessoa?

Alma percebeu, de imediato, que ali haveria muita oposição. Tanto quanto a de suas irmãs. Ou mais.

— Nós nos amamos, eu estou muito preocupada com a doença dele e...

— Amor? O que você entende de amor, menina? Iguais a você meu filho já teve dezenas. Imagine se eu criei um filho para casar com uma qualquer!

Alma entendia agora o temor de Hemon em assumir sua paixão. Mas resolveu aceitar qualquer humilhação, desde que conseguisse falar com ele. Pedir perdão pela falta de confiança. Acalmar a dor dos seus ferimentos. Matar a saudade.

— Eu posso ao menos falar com ele? Por favor... por favor...

Afranísia a examinou em silêncio. Lembrou-se também das informações que obtivera sobre Alma nos dias em que arquitetava um plano para destruí-la. Aparentando uma magnanimidade que não tinha, a mãe de Hemon recusou o pedido de Alma. Quase com doçura.

— Meu filho está doente, não pode ter emoções fortes. Mas sou uma mulher generosa e também acredito no amor. Só não sei se é esse sentimento que você tem pelo meu filho.

— Eu sou capaz de provar para a senhora o meu amor por Hemon.

— É mesmo? Você faria qualquer coisa por ele?

— Qualquer coisa.

— Está certo. Façamos assim: existem muitas histórias sobre sua origem. Boatos e mais boatos. Você me traga um documento que esclareça esse assunto e eu deixo você falar com meu filho. — Afranísia fez uma pausa calculada. — Se ele quiser estar com você.

Alma se calou chocada, os olhos cheios de lágrimas.

— A senhora sabe que é impossível eu conseguir esse documento.

— Você disse que estava disposta a passar por qualquer prova...

— Pelo menos, me deixe falar com Hemon antes de partir...

— Para você convencê-lo a cometer outra loucura? Eu até suspeito de que o acidente sofrido por meu filho tenha você como causa.

Alma não teve forças para retrucar essa acusação que sabia verdadeira. Era ela a culpada por Hemon ter corrido risco de vida. Sua também era a responsabilidade por ter dado ouvidos às intrigas das irmãs. Até a intervenção desastrada de Fania ela poderia ter evitado. Arrasada, deixou-se arrastar por uma das criadas de Afranísia e viu a porta ser fechada às suas costas. Mais uma vez.

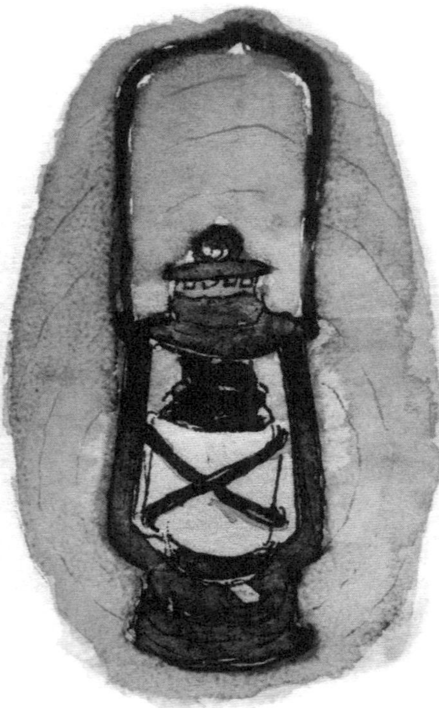

AUXÍLIOS INESPERADOS

Alma se encontrou sozinha no caminho da saída. Contava que Fania estivesse esperando. Mas, reconheceu, se a criada gostava muito dela, gostava mais ainda de espalhar notícias. No anoitecer que se aproximava, devia estar ocupada em transmitir as novidades a Carmelino, ou a Sophia e a Ermelina. A investigação bem-sucedida, o tamanho da mansão, a beleza de Afranísia, sua aspereza, as respostas que lhe dera, a humilhação imposta a Alma.

Com uma sagacidade nova, nascida do sofrimento recente, a moça compreendeu que Fania apreciava mais a fofoca do que o bem-estar de quem quer que fosse. Como as irmãs, que colocavam a inveja que sentiam acima de tudo, inclusive da solidariedade do sangue. Estava sozinha, sentiu, enquanto contava os trocados que ainda tinha na bolsa.

Nesse estado de espírito, Alma parou para tomar um refresco, enquanto resolvia onde esconder seu desgosto frente à impossibilidade de vencer o preconceito de Afranísia quanto a sua origem.

Um automóvel preto, o Ford reluzente dirigido por Zeferino, parou junto à calçada quando ela contava as moedas para pagar a laranjada.

A felicidade de rever Zeferino fez com que ela abraçasse o chofer, que não sabia se devia retribuir o abraço da amada de Hemon ou se ficava constrangido por tal demonstração de contentamento. O rosto dele sombreou-se, no entanto, quando ela lhe falou das condições exigidas por Afranísia.

— Patroazinha, não se amofine... é difícil, mas não é impossível conseguir o que ela exige. Dona Afranísia nunca teve de lutar por nada nesta vida, ela pensa que todo mundo tem de se submeter aos caprichos dela... Não se preocupe, Hemon vai saber tudo por meu intermédio!

— Mas como vou descobrir um avô que nem meu pai conheceu, Zeferino? A única maneira de descobrir minha verdadeira origem é achar o pai do meu pai. Ou a mãe dele. Podem já ter morrido.

— Uma coisa de cada vez. Vou lhe contar um segredo... Sabe por que ela nunca conseguiu me colocar para fora da casa? Eu tenho certa regalia aqui, vim com o marido quando eles se casaram. O meu avô era irmão do avô de Hemon... a minha avó era uma índia que ele caçou lá nas

1921

Gerais, quando andava atrás de ouro. Dona Afranísia até hoje não sabe de nada, mas o marido, seu Efeso, sabe. Eu tenho a prova, o batistério.

Zeferino não podia se demorar. Trouxera o carro, pois Afranísia compareceria à noite a um sarau literário e o marido fazia questão que o motorista a levasse, já que Hemon estava doente e ele mesmo não suportava tais festividades. Antes de partir, fez questão de orientar Alma. Procurasse o convento onde seu pai fora criado. Um padre, um sacristão, alguma coisa se saberia. Nenhum segredo se mantém sem brechas. Era o conselho do motorista. Não era tudo, mas era um começo.

***

Alma chegou ao convento onde sabia que o pai havia sido deixado, pobre órfão, mais de meio século antes. Era noite, a sacristia estava fechada, nenhuma informação seria obtida àquela hora. Conformada, ajeitou-se nos degraus da igreja. Dormiria um pouco e, antes da primeira missa, tentaria conseguir o batistério do pai, como ensinara Zeferino.

Quando acordou, o dia já nascendo, nos degraus havia mais um ocupante. Um monte de trapos, uma figura disforme. Com um pouco de medo, Alma se encolheu num canto. A figura não se mexia, enrodilhada, provavelmente para afastar o frio. Alma tentou cochilar de novo, mas, como num sonho, uma voz a despertou:

— Sinhazinha está com medo da preta velha. Preta velha não morde, já cuidou de muitos brancos, de todo tipo e idade. Só nunca viu uma mocinha bonita e medrosa dormindo por aqui...

Não era sonho, percebeu Alma. Uma velha negra desdentada ria perto dela. Assombrada, quis recuar, mas lembrou, a tempo, que naquele dia, nos últimos dias, muito havia mudado em sua vida, nada mais merecia espanto.

— Não é medo, vovó. É cansaço. Tanta gente fechou as portas para mim que estou evitando me aproximar de qualquer pessoa. Eu só quero dormir. Quem sabe, quando acordar, descubro que tudo não passou de um pesadelo.

— Êh-êh — riu de novo a preta velha. — Pesadelo acordado não some assim, minha filha. Por que você não conta para a velha Conga o que foi que fizeram com minha menina?

Conga era uma ex-escrava, devia passar dos setenta, e dizia a verdade no que se referia às crianças brancas das quais cuidara. Seu jeito de ex-mãe de leite e sua carapinha branca davam direito ao apelido de avó. O longo treino em acalmar dores dos jovens fez com que escutasse todo o sofrimento de Alma, intercalando com seus êh-êh, quando ela contava das irmãs ou da mãe de Hemon.

— Mas é muito atrevido esse mocinho branco! Ainda bem que ele ama a menina de verdade. Muitos brancos eu vi, a vida toda, abandonando mulheres da minha cor. E os filhos delas.

A preta velha parou de falar para acender o cachimbo, Alma já com a cabeça em seu colo.

— Eu mesma fui obrigada por um deles a deixar uma criança na roda, faz muito tempo. Tem para mais de cinquenta anos esse feito, e todas as manhãs venho até aqui rezar para Deus perdoar o meu pecado. O filho de uma negra linda, com uns olhos grandes como os seus.

Pitando o cachimbo, ela examinou o rosto de Alma, que levantara a cabeça do seu colo, e se espantou com o que lhe parecia uma coincidência fantástica:

— Não só os olhos. Minha menina é Mailê, sem tirar nem pôr. A não ser a pele, que a menina tem da cor do leite. Era negra, Mailê, quase azul. Eu rezo por ela assim, com seu nome africano. O branco, o pai do menino, chamava pelo nome cristão. Maria do Carmo.

— Meu pai foi deixado na roda — Alma contou excitada. — Na porta desta igreja. Há cinquenta anos, minha avó. Será que foi ele que a senhora colocou aqui?

A velha tonteou, teria caído se Alma não a tivesse amparado. Seria possível que estivesse diante da neta da amiga? As duas, expatriadas ainda meninas da mesma aldeia na África, haviam aportado no Rio, vindas num dos últimos navios de tráfico, antes de os ingleses decretarem a Bill Aberdeen. Ela não sabia o nome da lei, nem as causas. Sabia apenas dos sofrimentos do seu velho coração e quase não resistiu à hipótese de ver sua culpa dirimida.

Vivia culpada desde a noite em que abandonara o bebê nascido da mãe quase morta. Mailê. Parto feito às escondidas, na casinha onde se refugiara do ciúme da mulher casada com o pai da criança. Branco, rico, casado. Apaixonado por uma negra, risco medonho para ela em plena escravidão.

— Se ele quisesse só uma negrinha bonita, teria muitas, essas a mulher não ligaria. Mas ele amava mesmo era

Mailê, de coração. Tentou alforriar a pobre, a mulher não deixou. Ele fez com que eu fugisse com ela, grávida, quase na hora do parto.

Conga chorava, num desconsolo dos muito velhos, ao constatar a quantidade de alegria perdida por erros, maldades, omissões. Mailê não resistira ao parto, às humilhações que o antecedera, impostas pela rival. O pai do menino, com medo do que a mulher poderia fazer com o filho, com medo, quem sabe, da repercussão, obrigara Conga a expor a criança à roda. A roda dos expostos, existente na porta da igreja, onde, na calada da noite, se abandonavam crianças que não se podiam criar, para serem resgatadas por religiosos e mantidas por caridade. Nada apagava, no coração daquela que tão pouco pudera fazer, a culpa do abandono. Madrugava na porta da igreja, havia cinquenta anos, como penitência. Quase um milagre ter sobrevivido para reencontrar Alma.

Nas primeiras horas da manhã, Alma não estava à espera de que se abrisse a sacristia. Estava na porta de um palacete nas Laranjeiras, muito mais portentoso do que a chácara de Afranísia. Temia o encontro com o velho Lino de Albuquerque, mas Conga a incentivara, certa de que aquela era a única forma de separar o joio do trigo e superar o obstáculo criado pela maldade da mãe de Hemon.

— Seja valente como sua avó. Chega de mulher ruim jogando crianças na roda para sofrer. Eu vou rezar para Deus, nosso Senhor, abrir o coração dele — completou Conga, despedindo-se dela com um abraço, na porta da igreja.

Ao servidor que a atendeu, Alma, depois de um momento de hesitação, se anunciou:

— Diga ao seu patrão que aqui está a filha de Carmelino dos Santos, criado no Convento de Santo Antônio. Não saio desta casa sem ser recebida por ele.

Não sabia de onde lhe viera a coragem. Talvez do exemplo da avó, a escrava de quem até a noite anterior ignorava a existência. Talvez pelo auxílio dado por Conga, outra avó oferecida pelo destino, quando não esperava mais ajuda de ninguém. Zeferino e sua resistência bem-humorada aos desmandos de Afranísia também a estimulavam a seguir adiante. Não permitiria mais que pusilânimes de qualquer tipo se interpusessem entre ela e sua felicidade.

***

Não foi fácil ser recebida. Já perto da morte, viúvo, sem filhos, Lino de Albuquerque achava que cumprira todos os seus compromissos com Deus. Zelara pelo fruto da paixão, o menino bastardo e mestiço, se interessara por sua educação junto aos padres. Mantivera o filho a salvo do ciúme da esposa, dera a ele emprego, casa na época do casamento. Achava que fizera o bastante. Até o aparecimento daquela neta, branca, mas parecida demais com Mailê, como Do Carmo gostava de ser chamada. A neta, desesperada a desfiar uma história de preconceito e humilhação, lhe lembrava do horror de uma mulher morta pelo amor a um homem que não podia ser seu. Quem sabe aquela não seria a última prova que Deus lhe enviava para saber se ele corresponderia?

— Afinal, o que você quer? Esse rapaz merece todo esse seu sofrimento?

— Eu quero falar com ele, ao menos. E a mãe de Hemon diz que eu só posso chegar perto do filho dela com um documento que esclareça minhas origens. O senhor vai me ajudar?

***

Era noite quando Alma retornou à casa de Afranísia. O velho Lino fizera questão de ouvir um padre e um procurador antes de tomar qualquer decisão. Os dois resistiram à ideia, preocupações legais, religiosas, de herança. Disso tudo, Alma não sabia, não fora chamada à sala onde os três senhores discutiam o seu destino. O remorso do avô, felizmente, levou a melhor naquele embate.

Um outro velho, pernóstico e solene, foi chamado para escrever num grande livro que Carmelino dos Santos era filho natural de Lino de Albuquerque, branco e casado, e Maria do Carmo dos Santos, negra e escrava.

Quando finalmente Alma recebeu o papel cheio de selos e escrito numa letra quase incompreensível com suas belas curvas, o sol já se punha. O pai de seu pai era um homem muito velho e encontrava-se abatido pelas emoções que aquele encontro provocara. Não quis detê-la. Antes de ela partir, no entanto, pôs em suas mãos algumas moedas e mandou que um empregado a acompanhasse.

Pensava Lino de Albuquerque que Alma se dirigiria à casa do pai para levar a boa-nova a ele e às irmãs. Estava enganado. Tudo o que a moça queria era rever Hemon. Com pressa e saudade, foi direto ao encontro de Afranísia.

***

Na chácara, Alma esperou bastante para ser atendida. Foi deixada em pé na varanda. Os criados haviam sido orientados a tratá-la da pior forma possível. Obedeciam.

— Então você conseguiu. Parabéns. — Afranísia estava lívida de raiva enquanto examinava o documento.

— Posso falar com Hemon agora?

— Isso vai ser impossível.

— Mas a senhora prometeu...

— Meu filho está dormindo. Pela primeira vez desde aquele maldito incêndio provocado não sei por quem meu filho dorme sem febre. Ninguém pode entrar no quarto dele. Até Zeferino, que você deve conhecer bastante porque foi seu cúmplice nessa intriga, tentou vê-lo e eu não deixei.

— Dona Afranísia, tenha piedade. Eu também não quero tirar Hemon do seu sono reparador, durmo em qualquer lugar, no mais humilde, mas permita que amanhã eu veja seu filho.

— Só quando ele estiver curado. Não posso colocar novamente a vida do meu filho em risco.

— Eu já lhe disse que faço qualquer coisa para trocar nem que seja duas palavras com ele.

O documento que Alma trouxera frustrara completamente os planos de Afranísia para se livrar dela. Jamais poderia imaginar que a moça descobriria uma origem soterrada em cinquenta anos de boatos e meias verdades. E ainda mais uma origem tão boa quanto a de Hemon. Pelo menos por parte do avô, rico e conceituado.

Da avó, quanto menos se falasse, melhor. O fato de seu pai ter sido traficante de escravos não trazia ao coração de Afranísia nenhuma simpatia pelos negros. Pensava, porém, que Alma demonstrava tal teimosia que, se ela não arranjasse logo mais uma prova, corria o risco de o filho ficar bom e insistir em casar com a moça.

O jeito era aproveitar a desvantagem da outra e testá-la mais uma vez. Quem sabe assim ela desistiria. Ou seria eliminada enquanto tentava superar os obstáculos.

— Se você ama tanto meu filho e quer vê-lo mesmo, talvez possa aproveitar o tempo para conseguir um remédio que ajude a curá-lo. — Uma ideia maldosa começava a se formar na mente de Afranísia. — Minha cunhada possui um creme milagroso para a pele. Fabricado na Itália. Eu implorei a ela que cedesse o creme para cicatrizar as feridas de Hemon, mas ela não quis me ouvir. Quem sabe você consegue comovê-la.

Não passou pela cabeça de Alma o óbvio: Afranísia estava protelando cumprir o que prometera.

— Eu vou aonde for para ajudar Hemon a ficar bom.

— O ideal é que você se ponha a caminho imediatamente. É muito longe o lugar onde meu irmão mora — encerrou Afranísia. — Se você conseguir, volte.

Essas palavras finais deveriam ter servido de aviso para Alma. Mas, como as pessoas que estão fixadas num só desejo não costumam prestar atenção em mais nada, a jovem saiu da casa da mãe de Hemon, já escuro, em busca de condução que a levasse até Adelmo e Pérola, irmão e cunhada de Afranísia.

***

Para chegar até a carvoaria, no endereço fornecido com muita má vontade por uma das criadas de Afranísia, Alma precisou pegar o bonde, depois o trem e, finalmente, alugar uma charrete. Era o condutor da mesma espécie de Fania. Reproduzia conversas ouvidas, acrescentava detalhes que lhe pareciam mais interessantes do que os originais. Um poeta.

Contavam-se histórias sobre o amor de Adelmo e Pérola, informou a Alma no caminho. Dizia o povo que o marido Adelmo a raptara da casa da mãe, na Itália, e convencera a moça a casar com ele. A mãe, inconformada com a perda da filha única, exigira do apaixonado marido que deixasse Pérola passar seis meses na Itália a cada ano.

Pérola ficava no Brasil durante o período correspondente ao outono e ao inverno na Europa e passava a primavera e o verão italianos com a mãe. Como os dois países ficam em hemisférios diferentes, Pérola vivia sempre em temperaturas amenas, detalhe que seria insignificante para a vida de Alma se não fosse o fato de Pérola ter recebido de presente da mãe o tal bálsamo especial para preservar a pele feminina do calor dos trópicos. Afranísia não podia suportar a ideia de que a cunhada possuía um creme para manter o rosto sempre jovem. Suportava menos ainda o fato de o irmão evitá-la a ponto de não deixar nem que ela chegasse perto do creme de beleza.

Alma era um joguete nessa luta familiar. O irmão não suportava intrusos, a casa era guardada por um cão feroz. Ficava num lugar distante. Quem sabe a moça sofria algum acidente no percurso ou desistia? Era essa a esperança de Afranísia.

Alma foi deixada no ponto onde o cavalo não podia mais avançar. A partir dali, teria de descer a pé até a casa. Uma grande casa cinza, quase preta, no final da descida de uma ladeira tão íngreme que parecia estar a morada enterrada no chão. Mais sombrio não podia ser o lugar. De um lado, um cemitério com suas lápides. De outro, um riozinho malcheiroso. Atrás, a usina de carvão, queimando madeira dia e noite. Era difícil acreditar que uma mulher suportasse viver ali por seis meses todos os anos de sua vida.

Um detalhe não pode ser esquecido por quem deseje acompanhar Alma em sua jornada ao reino de Adelmo. Ela havia recebido do condutor uma instrução:

— A senhorita vai para a casa de seu Adelmo e dona Pérola? Moça corajosa. Não esqueça de levar bolos para o cão. Ele não tolera estranhos.

Alma não entendeu direito o conselho, mas, obediente, comprou bolos de mel e os colocou no bolso. Não sabia ainda o que a esperava, mas custavam tão pouco que não a incomodava oferecer alguns ao cachorro guloso.

Ela nem tentou entrar pelo portão da frente. Supôs que seria barrada, inevitavelmente, pelos criados de Adelmo, que ali se postavam para evitar intrusos. Outra informação do condutor indiscreto. Com dificuldade, pulou a cerca dos fundos e mal acabava de cair no chão de terra quando escutou o rosnar. Era a fera, um cão enorme. Não precisaria nem abrir a boca, Alma teve certeza. Bastava uma das patas para jogá-la longe.

Atirou os bolos de mel com os olhos fechados, tremendo de medo. O gigantesco cachorro se aquietou, primeiro a cheirá-los, depois abriu a bocarra para devorar as guloseimas. Alma correu o máximo que pôde até alcançar os fundos da casa.

Sua dificuldade agora era descobrir qual das janelas seria a dos aposentos de Pérola. Não valia a pena nem considerar o que lhe aconteceria se escolhesse a janela errada e encontrasse o dono da casa, cujo mau humor certamente se voltaria contra a invasora. Todas pareciam iguais, mas a do canto direito da casa tinha cortinas de renda. "Deve ser aquela", apostou Alma. "Uma mulher que preza a beleza e tem de morar numa casa tão feia deve, no mínimo, enfeitar as cortinas."

Nessa convicção, ela avançou rente à parede, no medo constante de ser surpreendida pelo cão, por algum criado ou até pelo ciumento marido. Pelo vidro observou a cena: uma mulher ainda jovem e muito bela tocava ao piano, enquanto um homem moreno e já grisalho escutava com uma expressão tão terna que Alma mal podia acreditar tratar-se do irmão de Afranísia.

Era ele, e a ternura de sua expressão foi substituída pela raiva quando percebeu que uma estranha os espiava. Por mais rápida que Alma fosse, não conseguiria escapar da fúria com que Adelmo abriu a janela e a puxou com um safanão para dentro:

— Como você conseguiu entrar em meus domínios? — gritou furioso. — Que empregado foi corrompido para permitir essa invasão? — Ele sacudia a pobre moça, que mal conseguia respirar.

— Deixe, Adelmo. Não vê que a coitadinha está morta de medo? Deve ser alguma pedinte, com fome, que pensou em pedir alimento e abrigo.

Não era de espantar que a dona da casa confundisse Alma com uma pedinte qualquer. Fazia dois dias e duas noites que ela se desdobrava tentando encontrar Hemon e vencer os obstáculos que Afranísia colocava em seu caminho. Faminta ela realmente estava, e o medo não devia melhorar em nada seu aspecto.

— Eu não sou uma pedinte — tentou responder com o que lhe restava de coragem. — Fui mandada aqui por sua irmã Afranísia para... — e hesitou, sem saber se contava toda a verdade — pedir um pouco do creme que a senhora sua sogra prepara em segredo para manter sempre maravilhosa a pele de sua mulher. Hemon se queimou, está muito ferido, como a senhora não atendeu as súplicas de dona Afranísia... — As informações foram prestadas por Alma num fôlego só.

Não era favor nenhum se referir à pele de Pérola como maravilhosa. Sem ter a beleza de Afranísia, Pérola realmente tinha uma pele muito branca e macia e o marido parecia se orgulhar disso, pois sua raiva se abrandou. Por pouco tempo, porque a lembrança da irmã tinha o dom de irritá-lo. A mentira que pressentia nas últimas palavras da moça também não ajudou.

— Afranísia não tem vergonha de mandar uma esfarrapada como você para buscar uma coisa que eu já neguei cem vezes a ela? Ela não quer o creme para Hemon, quer o creme para ela mesma — trovejou Adelmo.

— Esfarrapada porque há quase dois dias eu ando de um lado para outro tentando conseguir coisas que sua irmã Afranísia me pede para fazer em troca de me deixar chegar perto de Hemon — revelou Alma, ofendida.

— Que maldade! Isso é pedido que se faça a alguém, Adelmo? Sabendo das dificuldades em chegar aqui, da ferocidade do nosso cão de guarda. Nós nem sabíamos que Hemon estava doente... Acho que a intenção de sua irmã não era pegar um pouco do creme, mas sim... — Pérola hesitou, não querendo atribuir à cunhada uma atitude maléfica sem provas — ... pobre menina!

— Acho que Afranísia já foi longe demais nos seus caprichos. Por outro lado, a moça até que é bem determinada. — Adelmo relembrava, orgulhoso, sua persistência em conquistar Pérola. — Eu gosto de gente assim, que não recua diante de obstáculos.

— Eu vou lhe dar um pote do creme, mas cuidado com Afranísia, pois ela é capaz de qualquer coisa para ver realizado um capricho. Ou para vingar uma desfeita — disse Pérola.

— Obrigada, senhora. — respondeu Alma, aliviada e com os olhos cheios de lágrimas.

Resolvido esse problema, o casal insistiu que Alma passasse a noite ali, ceasse com eles, ao menos. A moça, porém, não queria se entregar ao sono antes de conseguir chegar até Hemon.

Com o que restou das moedas ganhas do avô, pagou o condutor da charrete para que a levasse direto até a casa de Afranísia. Mais uma vez dormiu num portal. Na entrada da chácara. Esperando que se fizesse dia para enfrentar a mãe de Hemon.

DECISÃO DO JOGO

Afranísia acordara cedo, excepcionalmente. Efeso estava em casa, Hemon se recuperava a olhos vistos, ela dormira mal na expectativa de notícias da "suburbana", como sempre se referia a Alma. Além disso, Nestor, seu irmão, chegaria naquele dia e ela precisava ultimar mil preparativos, pois pretendia lhe oferecer uma festa à noite.

Quando sua criada de quarto se aproximou da mesa e segredou em seu ouvido que Alma se encontrava na cozinha esperando-a, Afranísia pensou desfalecer. De raiva. Aquela garotinha conseguira ir até a casa de Adelmo e voltar. Quem sabe, com o creme. Só podia ser para afrontá-la.

Pedindo licença ao marido, dirigiu-se ao encontro de Alma, maldizendo o dia em que o filho a conhecera. Nada no seu semblante, porém, traduzia a fúria que a dominava.

— Parabéns, mais uma vez. Você é realmente uma moça de fibra. Como é seu nome, mesmo?

— Alma — respondeu a moça paciente, ignorando a evidente ironia de Afranísia. — Posso ver seu filho agora?

— Você não acha melhor tomar um banho, comer alguma coisa? É claro que você é uma jovem bonita em qualquer circunstância — disse Afranísia com doçura. — Mas tenho a impressão de que bem alimentada e bem vestida estaria bem melhor.

Alma sentiu seu coração se acalmar. A mãe de Hemon começava a aceitá-la. Isso era um bom sinal. Concordou em se arrumar e foi conduzida pela criada a um quarto onde pôde se banhar e trocar seu vestido simples e sujo por um branco e sedoso de modelo um pouco antiquado.

— Dona Afranísia mandou que lhe desse esta roupa que foi usada por ela no dia em que foi pedida por seu Efeso — informou a criada. — Pediu também que eu a acompanhasse até o local onde vive um homem muito santo que ela gostaria de trazer até aqui para abençoar seu casamento com Hemon.

— Casamento? Dona Afranísia concorda que eu e Hemon casemos? — Alma sentiu o maior de seus sonhos realizado. Conquistara a mãe de Hemon, poderia viver feliz para sempre com seu amor.

A criada fez que sim com a cabeça e tratou de servir um lauto café a Alma. Quanto mais cedo se pusessem a caminho, melhor. O ermitão morava longe e, à noite, Afranísia pretendia apresentar o jovem casal à sociedade durante a festa.

Não pareceu estranho a Alma que, pela terceira vez, fosse adiado o seu encontro com Hemon. Ela acreditara que as irmãs a amassem, durante os dezesseis anos de sua vida. Pensara que o caminho da fuga e do segredo proposto por Hemon fosse o único viável porque acreditava em seu amado. Era, tudo indicava, uma pessoa que preferia a conciliação à guerra. Preferia acreditar no amor do que na maldade. Afranísia estava se aproveitando disso.

***

Na época, as pessoas se referiam a certos velhos que se dedicavam às orações e ao isolamento como "homens santos". A criada de Afranísia tinha razão. Era longe o lugar para onde as duas se dirigiram em busca de um deles.

Alma não tinha como saber que ali não morava santo nenhum, e sim o Nego Cobra, primeira opção de Afranísia para tirá-la do seu caminho quando nem imaginava a hipótese de Hemon se apaixonar por ela. Era a esse homem que as cartas de Madame Pita se referiam, provavelmente. Negro e a mando do Mal. Afranísia.

Uma única coisa provocou certa estranheza em Alma. Não seria mais fácil Zeferino levá-las, já que Afranísia parecia conformada com a situação? A quase sogra deveria ter seus motivos, mas a ausência do motorista naquela viagem lhe causava ligeira apreensão.

A apreensão tinha razão de ser, percebeu quando chegaram. Na frente de um casebre, a criada disse-lhe que apeasse do carro, o que Alma fez sem entender direito o motivo.

— E agora? — perguntou Alma.

— Agora você fica. Nós voltamos daqui, que eu ainda tenho muito serviço até a festa de hoje à noite — respondeu a criada de mau humor.

— Mas o que é isso? Eu não posso ficar sozinha...

A criada não se deu ao trabalho de responder. A um gesto seu, o cocheiro puxou os cavalos e a charrete retomou a toda pressa. Foi inútil Alma correr atrás deles, gritando para voltarem. Só aí se deu conta de que Afranísia não tinha a menor intenção de deixá-la chegar até Hemon. Ao contrário, descobriu, quando voltou-se para o casebre em busca de ajuda.

Um homem enorme e feio ria na soleira. Um riso desdentado e, a ela pareceu, cruel. Aquele dia se prenunciava feliz para o Nego Cobra. A madame estava cumprindo sua promessa: uma esposinha branca e linda para mitigar sua solidão, os longos anos passados a servir de objeto de zombaria por seu tamanho e feiura.

Alma atinou, aterrorizada, a que ponto chegava a maldade de Afranísia. A mãe de Hemon fraudara seu maior desejo, o de viver com seu amor. Quando aquele desconhecido estendeu os braços para ela, Alma acreditou que lhe estava reservado um tormento pior do que a morte.

Hemon havia melhorado depois que soube — pela fúria de Afranísia — que Alma estava por perto. Ele precisava ficar bom logo, para ajudá-la a enfrentar a oposição ao amor dos dois. Para viverem juntos para sempre, como havia prometido na Ilha dos Amores.

O resultado dessa reflexão foi que em poucos dias — os mesmos que levou Alma se debatendo contra obstáculos e recebendo auxílios inesperados — ele estava quase recuperado. Tanto que a entrada de Zeferino no seu quarto, na manhã em que a criada de sua mãe partia na falsa busca ao "homem santo", o encontrou de pé, ainda com faixas protegendo os ferimentos, mas já se vestindo sozinho.

— O patrãozinho já soube das novidades? — perguntou o motorista, enquanto o ajudava a vestir a camisa.

— Qual delas? A chegada do meu tio Nestor? — Hemon andou devagar até o roupeiro em busca de uma gravata.

— Essa é a menor de todas. Eu estava pensando nas provas que sua mãe tem obrigado Alma a superar, como se ela fosse um cavalo de corridas.

— Provas? Que provas? — Hemon sentiu voltar-lhe a febre pelo choque. As coisas não eram tão simples como ele desejava, compreendeu na hora.

Zeferino lhe fez um breve relato do que sabia. A procura pelo avô, o pai de Carmelino, a ida à carvoaria de Adelmo e, por fim, uma saída misteriosa com a mais fiel das empregadas de Afranísia.

— Alma esteve aqui hoje?!! E minha mãe não me disse nada? Mas, em nome de Deus, por que tanto mistério?

— Vá lá se entender os motivos da senhora sua mãe. Contou-me a cozinheira que o traste da criada de quarto alugou uma charrete para ela e Alma irem até Inhaúma.

— Inhaúma? Isso não tem o menor sentido. Meu pai está aqui, o que alguém ligado à família iria procurar em Inhaúma?!!

Zeferino teve medo, por instantes, de falar de sua suspeita. Mas seria pior se omitir frente ao perigo terrível que Alma poderia estar correndo.

— Deus me perdoe se eu estiver errado. Mas o patrão não lembra que sua mãe chegou a pensar em casar a mocinha com aquele negro horroroso? Inhaúma é onde mora o Nego Cobra.

***

A criada de Afranísia realmente era um traste. Mal-humorada, pretensiosa, subserviente com os ricos e arrogante com os pobres. Zeferino tinha razão em detestá-la. Só não era valente, o que demonstrou mais uma vez quando o automóvel do patrão, dirigido por Zeferino e conduzindo Hemon, impediu a passagem da charrete que voltava.

Hemon virara um bicho ao considerar a possibilidade de Nego Cobra ter Alma em suas mãos. Sem atender aos gritos de Afranísia, que, desesperada, já o imaginava morto em tal empreitada, correu a resgatar sua bela.

A criada foi arrastada até o carro, recebendo os safanões que Hemon não podia dar na mandante por ser sua mãe. Pagava a fatura a cúmplice, para aprender a não embarcar nas maldades alheias.

O silêncio os aguardava quando se aproximaram do casebre onde vivia Nego Cobra. Hemon, cujos ferimentos voltavam a sangrar, entrou com o relho na mão, Zeferino pegou um pedaço de pau. A criada ficou soluçando baixinho, aterrorizada, dentro do carro. Menos por pena de Alma e mais pelo medo do que Hemon faria se algo de ruim acontecesse com a moça. O charreteiro fora convocado por Zeferino como testemunha, muito a contragosto. Aquela confusão não valia o que lhe ofereceram.

O certo é que Hemon e Zeferino esperavam o pior. E a surpresa foi enorme com o quadro que encontraram.

Alma estava deitada, desmaiada, numa enxerga imunda. Passando um trapo também imundo e molhado no seu rosto, o negro imenso tentava acordá-la. Terno, como uma mãe amorosa tratando de um bebê doente. Cuidadoso, como um colecionador a manusear uma obra rara.

— Não toquei no anjinho, senhor — o Nego Cobra jurava, de joelhos, recebendo as vergastadas que Hemon lhe lançava a esmo, furioso de vê-lo próximo a Alma. — Eu não seria capaz de fazer mal a alguém com essa estampa e fineza. Nem por todo o dinheiro que a madame me prometeu. A moça desmaiou quando me viu.

Os gritos do negro trouxeram Alma de volta, bem a tempo de confirmar sua história e de deter a mão de Hemon. O pobre coitado vivia de fama, nisso se enganaram as cartas de Madame Pita. Não era mau. Os tamborins de pele de gato no casebre atestavam o quanto o povo exagera quando avalia os erros alheios.

Era pobre, era feio, era sozinho, era negro. Concordara em servir Afranísia pela promessa de uma esposa branca e de um pequeno dote que permitisse arrumar a casinhola para recebê-la. A bem da verdade, talvez as cartas não estivessem erradas. Colocando-se a serviço de Afranísia, Nego Cobra, se não era ruim, poderia ficar. Se as coisas tivessem ocorrido de outra forma. Se Alma não fosse tão linda a ponto de assustá-lo. Ou se Hemon não tivesse chegado a tempo.

— Casar com uma branca e ter filhos clarinhos, só queria isso. Não sabia que a moça era sua prometida nem que era tão bonita. A empregada não me avisou.

A ira de Hemon voltou-se contra a mãe e a empregada. Tomando a amada nos braços, levou-a até o carro, pondo a criada para fora a pontapés e dispensando o charreteiro.

— Mas como eu volto para Botafogo? — choramingou a hipócrita.

— A pé. Ou então fique como a prometida do Nego Cobra. É mais do que você merece, mas pelo menos é um marido — tripudiou Zeferino, manobrando o carro.

***

Afranísia precisou se vestir sozinha para a festa. Sua criada não voltara da missão, o filho sumira com Zeferino, não sabia ainda o que acontecera com a maldita suburbana e não podia contar nada para o marido sobre os últimos acontecimentos. Conhecendo Efeso como conhecia, tinha um pouco de medo de que ele perdesse a paciência e ficasse contra ela. Pela primeira vez. Pela gravidade de suas ações.

Nada disso comprometia, no entanto, sua beleza e elegância quando entrou no salão acompanhada de Efeso. As expressões de deleite dos convidados ao vê-la e o prazer maior de Nestor, seu irmão recém-chegado, ao cumprimentá-la, afastaram por momentos as preocupações de Afranísia. Ela era a mais linda de todas as mulheres, ninguém podia tirar dela esse título.

Quase ninguém. Nesse exato momento, outro casal entrou na sala. Diferentemente de Efeso e Afranísia, os dois eram lindos. Mas a moça, reconheceu o salão boquiaberto, era esplêndida.

Hemon custou a chegar até a mãe, o pai, o tio. Levando Alma pela mão, foi apresentando-a para todos:

— Minha esposa, Alma — dizia com orgulho, e os murmúrios cresciam a sua passagem com o inesperado casamento.

Quando chegou perto da família, Hemon ignorou a mãe e, fazendo de conta que o pai já conhecia a nora, apresentou-a direto ao tio.

— Meu tio, esta é a mulher que eu amo, apesar de não a merecer. Ela é a mais linda, a mais valente, ela é mais leal do que qualquer outra. Eu me apaixonei de verdade por Alma em sua ilha. Na Ilha dos Amores.

Nestor passava muito mais tempo no mar do que em terra, mas bastou um olhar para a irmã para compreender, de imediato, que aquele não era um casamento de seu agrado. Um outro olhar para o sobrinho, ainda pálido da doença e das correrias pelas quais passara, atestava que aquele amor era imenso. Infinito. Curvando-se para beijar a mão de Alma, o ex-marinheiro rendeu homenagens àquela mocinha tão linda.

— Fico feliz, meu afilhado, de saber que você encontrou uma mulher que vai conduzi-lo à felicidade completa, madura. Mais feliz ainda por tê-la encontrado na minha ilha. Isso merece uma comemoração e um presente.

Nestor bateu palmas, pedindo para falar. Todos se voltaram curiosos.

— Quero anunciar que o meu presente de casamento para o meu afilhado e minha nova sobrinha... — Nestor fez uma pausa dramática, Afranísia em suspenso — é a Ilha dos Amores, que passa a ser deles a partir de hoje.

Os aplausos foram gerais. Alma lançou os braços no pescoço do novo tio, agradecendo, sem palavras, a felicidade de poder viver longe da sogra. Afranísia não pôde dizer nada. Acabava de desmaiar nos braços de Efeso. De raiva.

***

Hemon não mentira dessa vez, quando se referiu a Alma como sua esposa. No caminho para resgatá-la, ele prometera a si mesmo impedir, a partir daquela data, qualquer tentativa de separação contra eles. Quando a encontrou ilesa, na casa de Nego Cobra, sua primeira ideia foi levá-la direto até a casa do pai dela para então providenciarem o casamento. Alma, porém, tinha crescido com todas as suas atribulações. Não lhe pareceu sensata a proposta do amado.

— Meu pai terá dúvidas. Consultará minhas irmãs, Fania espalhará para os vizinhos a sua proposta de casamento. Não, não e não. Obstáculos demais. Chega.

— Acho que a patroazinha tem razão. Existem formas mais fáceis de casar. Ali mesmo no Méier tem um padre muito compreensivo...

Era compreensivo o padre. Escutou toda a história, paciente e generoso, e concordou em abençoar a união dos dois, com a promessa de que, no dia seguinte, dariam entrada nos trâmites legais.

Faltava ainda uma providência, pensou Hemon, vingativo, mandando Zeferino tocar para a rua do Ouvidor, onde comprou um traje completo à altura da beleza de sua esposa.

Afranísia nunca poderia imaginar que o filho se revelaria tão engenhoso. Mas o amor faz milagres. Dizem os que têm o privilégio de vivê-lo.

CONCLUSÃO: BEM ESTÁ O QUE BEM ACABA (OU NÃO)

Hemon e Alma viveram felizes e tiveram vários filhos. O amor se manteve, o encanto não desapareceu com o tempo. Também não mudou a frieza do casal com Afranísia, mantida numa distância cortês, apesar de repetidas tentativas de aproximação.

Erraram aqueles que apostaram que Afranísia seria conhecida como a mais bela avó do Rio. Não foi. A sociedade deixou de promover esse tipo de concurso. No máximo, misses ou vedetes. Feliz ficou Efeso em ter sua mulher só para ele, finalmente.

É bem verdade que ela nunca mais conseguiu o pote de creme de beleza usado por Pérola. Ainda assim, com o passar dos anos, tornou-se a cinquentona mais bonita... da rua da Matriz. Do bairro de Botafogo já seria uma afirmação temerária.

***

Não se deve acabar de contar um "causo" sem amarrar todos os fios que sobraram enquanto se tecia o bordado principal. Vamos, então, unir as linhas.

A fuxiqueira Fania não era importante, mas ajudou a empurrar para diante a trajetória dos dois apaixonados, nem que fosse atrapalhando com seus boatos e comentários. Ela não teve um final marcante porque aqueles que possuem uma só característica, uma só marca, no caso dela a atração pelo fuxico, vivem um eterno recomeço dentro do mesmo padrão. Continuou morando com Carmelino, intrigando os vizinhos e reclamando da ingratidão de Alma, que não a levou para a Ilha dos Amores.

As irmãs se mantiveram casadas, apesar de nenhuma das duas suportar o marido. Não tiveram filhos, permaneceram afastadas do pai, não se conformaram com a felicidade da irmã mais nova. Nem mesmo a perspectiva de que herdariam parte da fortuna do avô paterno, quando ele morresse, as reconciliou com o destino. A memória das humilhações sofridas um dia por motivos de classe e cor estava tão consolidada que nenhuma esperança no futuro servia de consolo. Talvez a memória fosse a causa do mau humor com a vida. Talvez não. O certo é que contavam, para quem quisesse ouvir, lendas a respeito de quanto sofreram e se sacrificaram por Alma, para depois serem deixadas de lado.

Pérola e Adelmo viveram felizes por muito tempo no seu excêntrico (para alguns) casamento de seis meses por ano.

Nestor voltou para o mar, que era seu único grande amor, fora as sereias encontradas eventualmente pela vida.

Carmelino conseguiu tudo o que queria. Sua filha mais querida feliz, bem casada e sem renegá-lo. De início, espantou-se em se saber herdeiro de Lino de Albuquerque, mas, acostumado com uma vida simples, continuou tomando o trem para a repartição todos os dias. Quando o pai, que nunca tivera curiosidade de conhecê-lo, morresse, pensaria no que fazer com o dinheiro. Tímido, só frequentava a Ilha dos Amores quando a filha vinha buscá-lo expressamente. Aquele genro, audacioso a ponto de um rapto para concretizar uma grande paixão, lhe era estranho demais para cultivar intimidade.

Zeferino continuou ao léu, ao vento, divertindo-se em pirraçar Afranísia com sua atitude de aparente respeito, até que esta, aproveitando um período em que o marido viajava, o demitiu num momento de raiva. Foi viver, então, na Ilha dos Amores, agregando-se à criadagem da casa de Alma. Passou a dirigir barco e a sentir saudades do velho Ford Bigode.

Conga, a primeira, a mais importante, a maior auxiliar de Alma para o sucesso dessa história, sumiu tão misteriosamente quanto apareceu. Debalde o jovem casal a procurou. Queriam recompensá-la. Na igreja, ninguém a tinha visto, o que, em si, era muito estranho. Como pode uma mulher frequentar a mesma escadaria toda madrugada por cinquenta anos e apenas Alma enxergá-la? Muitas perguntas e nenhum resultado. Ficou para os dois amantes como um fantasma, uma aparição, um anjo anunciador de boas-novas, condutora do fio que desenrolou toda uma meada.

O Nego Cobra continuou carregando ferro para Efeso, com seu corpo descomunal e sendo usado para meter medo nas crianças desobedientes, com os feitos maldosos que lhe atribuíam.

É possível que não fosse tão maldoso como as pessoas diziam. O povo conta muita história e, na maior parte do tempo, inventa. É disso que é feita a vida.

PASSO A PASSO DO JOGO DAS NARRATIVAS

(para os leitores de *A Ilha dos Amores*)

Entender a narrativa como "jogo" é muito bom para quem gosta de histórias. Por isso, estou contando meus segredos a você, leitora ou leitor.

Para escrever uma redação, um livro ou um roteiro de filme, o mais importante é definir a história que se quer contar. Por isso, eu e Maurício Mota, meu filho mais velho, criamos um jogo chamado Autoria. Para inventar histórias em grupo.

O Autoria passou anos sendo adotado por escolas e divertindo famílias e amigos, ensinando segredos da ficção e abrindo as portas da autoria coletiva para todo o Brasil.

Mais tarde, em 2009, criei a plataforma de escrita criativa www.almanaquedarede.com.br. Dentro dessa plataforma, está o Jogo das Narrativas. O jogo digital traz uma história de base, assim como também oferece o Banco de Histórias no jogo Autoria. Por exemplo: "Jovem é estimulada por irmãs invejosas a cometer erro que afasta seu amado e, no esforço de reconquistá-lo, é obrigada a enfrentar obstáculos terríveis colocados em seu caminho pela mãe dele."

Essa é também a história, ainda que resumida, do mito de Eros e Psiquê.

E se um escritor resolvesse contar a história — a mesma — de outra forma? Quais caminhos ele deveria seguir? Por onde deveria começar?

Foi assim que escrevi o livro que você acabou de ler. Tomei como base o mito grego de Eros e Psiquê e comecei respondendo a sete perguntas do Jogo das Narrativas. Perguntas fundamentais para a construção de um enredo, uma trama:

Em que época acontece minha história?
Escolhi o ano de 1921.

Onde se passa a história?
Optei pela cidade do Rio de Janeiro.

Quais são as personagens?

Obrigatórios, a moça, as irmãs, o amado, a sogra. Incluí as empregadas subservientes, o marido feio de Afrodite e o pai da moça. Todos com participações pequenas. Personagem que aparece no mito de Eros e Psiquê é a deusa Fama, que se encarrega de espalhar os segredos alheios. Um pouco como alguns fazem, no século XXI, nas redes sociais. Fiz dela a empregada que atrapalha os apaixonados só pelo prazer da fofoca. Zéfiro, o deus dos ventos, aliado de Eros, se tornou o motorista Zeferino. Adelmo e Pérola, irmão e cunhada da mãe ciumenta, que viviam numa carvoaria, são duplos dos que comandam os subterrâneos, o mundo dos mortos no mito. Mantive-os, para usar a prova da substância da beleza eterna, cobiçada por Afrodite. E criei um outro irmão, Nestor, para ser proprietário de uma ilha. Uma certa semelhança com Possídon ou Netuno, deus do mar.

Em que lugares eles vivem e como agem?

Os cenários são muito importantes para a movimentação das personagens. A sogra e a moça precisavam estar em lugares bem diferentes. Uma chácara em Botafogo, num belo terreno, casa alta, com vista para a serra e para o mar, me pareceu uma razoável imitação do Olimpo, onde viviam os deuses gregos. Uma casa própria no subúrbio do Méier seria boa o bastante para manter a moça numa posição digna, porém insuficiente para a arrogância da sogra.

Cenários exigem pesquisa. Que tipos de lugar, de veículo, de vestuário existiam no Rio de Janeiro em 1921? Precisei ler a respeito. Usei, principalmente, a literatura de Lima Barreto e documentos do Arquivo Municipal do Rio de Janeiro. Mesmo que não se utilize todo o material pesquisado, é importante conhecermos as peças que encaixam em nossas escolhas. Escolhas sempre trazem consequências.

Qual o problema central da história?

O amor entre duas pessoas muito jovens às vezes desperta oposição. Preconceitos. Inveja. Resolvi que o problema central que Alma e seu amor enfrentariam seriam os obstáculos colocados em seu caminho pelas pessoas que não desejavam sua união.

Essa pergunta é importantíssima para se contar bem uma história. Algumas vezes, pensamos que uma questão é central, mas não é. Perde-se o rumo. Outra coisa: o que é central, ou não, depende do ponto de vista de cada um.

As respostas dadas, por cada pessoa, ao que é importante condiciona o que se faz. Com os personagens acontece a mesma coisa.

No mito, a mãe de Eros, Afrodite, não consegue suportar que Psiquê seja mais bonita do que ela. O insulto está na diferença de espécie. Como aceitar que uma imortal, uma deusa, como Afrodite, perca o primeiro lugar da beleza para uma mortal, como Psiquê?

Na reconstrução dessa história, era preciso que a diferença entre as duas fosse grande também. Uma mulher bela, madura, rica e branca não aceitou ficar atrás de uma mulher de um extrato social bem diferente. Já seria difícil suportar se a outra fosse jovem, bela e rica. Mas de origem negra? E pobre? Era pedir demais para os preconceitos da época.

No mito, Afrodite pede ao filho Eros (Amor) que destrua Psiquê (Alma). Ele concorda porque é volúvel, corrupto, sem ética. Até se apaixonar pela mortal. Amor só se redime quando encontra Alma. A luta do Amor e da Alma para permanecerem juntos é, para mim, o mais importante nesta história.

Quais as possíveis soluções para esse problema?

Eles precisavam superar os obstáculos. Provar que eram valentes e maduros o bastante para terem direito a uma vida em comum.

No mito, as provas que Psiquê encara e vence garantem que ela encontre o amor e se torne imortal. Hoje, acreditamos que a alma é imortal. O mito nos permite reconstruir a trajetória dessa imortalidade. Através do amor.

Veja bem: não escolhi que a solução seria eles destruírem seus adversários porque, no meu entender, isso não é o mais importante na história. Minha escolha foi no sentido de eles superarem as dificuldades que os separavam. E para isso precisei criar desafios que tivessem relação com as escolhas anteriores — sempre de acordo com o conflito entre sogra e nora, que, na verdade, é o conflito entre maturidade e juventude. Entre a experiência do que é velho e a ousadia do que é novo. Conflitos não se superam sem testes. Alma, nesta reconstrução, precisava provar que era capaz de sobreviver à oposição. Vencê-la.

Qual é o gênero de nossa história?

A aventura em busca do amor.

O resultado foi este livro. Selecionei as passagens que achei mais importantes no mito. Acontecimentos que me pareceram essenciais, características marcantes. Com isso, deixei de lado elementos que não combinavam com as respostas (escolhas) que eu havia feito no início da reconstrução.

Como você pode observar, escrever é um processo de seleção e combinação de escolhas que fazemos a partir de um tema, que também é escolhido. O tema pode estar no mito, nas nossas recordações, em alguma coisa que nos chama a atenção quando passamos a caminho do trabalho, da escola, do cinema. Quando passamos pelas pessoas, pelos livros, pela vida.

Selecionamos e combinamos para produzir um efeito. Em quem nos lê, em quem nos ouve, em nós mesmos. Por isso, rimos quando escutamos uma piada e choramos quando nos comovemos com um livro ou um filme. Na piada, como em qualquer história bem contada, existe uma seleção e uma combinação. Existe um esforço para que ali não se encontrem detalhes desnecessários e para que não faltem as informações essenciais.

Uma última escolha que precisa ser explicada: abri mão, propositalmente, da linguagem da época. Nada de segunda pessoa do singular para cá, segunda pessoa do plural para lá. Por que fiz isso? Uma opção consciente para facilitar a vida do leitor jovem de hoje. Não é indispensável, acredito, ser fiel em todos os aspectos na reconstrução. A fidelidade está no que consideramos essencial, e não no incidental, dispensável, sujeito à evolução dos costumes.

E uma última observação, talvez redundante: os personagens deste livro "vivem" numa época de muito preconceito e isso contamina todas as suas relações e reações. A abolição da escravatura era ainda recente e se, até hoje, o racismo é um problema em nosso país, em 1921 era muito pior. A discriminação contra a cor ocorre até mesmo entre os de mesma origem racial. Um tipo de autodiscriminação, como a do pai de Alma, que preteria as filhas mais velhas por serem mais parecidas com ele do que com a mãe, branca. Essa é uma fraqueza de Carmelino. Personagens, como as pessoas, são uma mistura de traços forte e fracos, qualidades e defeitos, atitudes nobres e preconceitos idiotas, como o racismo. É dessa mistura que se faz a ficção. E a vida.

***

Neste livro, optei por indicar, na abertura de cada capítulo, os passos do Jogo das Narrativas, que você pode encontrar na plataforma www.almanaquedarede.com.br. Os passos são os seguintes:

O início — quando descrevemos de onde parte cada personagem e como vai se construir cada situação.

A perda (ou dano) — quando algo acontece, transformando completamente a trama e precipitando o conflito entre as personagens.

Os obstáculos — são aquilo que obrigam as personagens a se revelarem e assumirem seus verdadeiros papéis: de líder para superar a perda, de vilão para mantê-la, e assim por diante.

A divisão — ocorre também em função dos papéis assumidos, muitas vezes colocando as personagens em campos opostos.

O auxílio — pode vir sob a forma de personagens ou de situações que contribuem para o líder ou herói superar a perda.

A decisão — é o momento em que a perda é reparada ou em que, caso seja impossível reparar, se configura nova situação.

A conclusão — quando se descobre o que finalmente aconteceu com o conjunto das personagens.

A opção de vincular esses passos aos capítulos está de acordo com o espírito da aventura de desvendar ao máximo os segredos da narrativa de ficção. O objetivo é que você, leitor, possa — além de se comover e se divertir com boas histórias — aproveitar para se exercitar nesse caminho. Se esse for o seu desejo.

Qualquer história pode ser contada em outro enredo. Em outro contexto. Pode-se transformar tristeza em alegria, derrota em vitória e vice-versa. É só aceitar o desafio e considerar que todos nós podemos ser contadores. Todos podemos jogar com a narrativa. Inclusive você.

Direção editorial
Daniele Cajueiro

Editora responsável
Mariana Elia

Produção editorial
Adriana Torres
André Marinho
Luisa Suassuna
Thais Entriel

Revisão
Carolina Rodrigues
Luíza Côrtes

Diagramação
Leticia Fernandez Carvalho

Este livro foi impresso em 2019
para a Nova Fronteira.